KB126630

고전수필의 맥을 잇는
현대수필 작법

오덕렬 평론집

풍백미디어

고전수필의 맥을 잇는
현대수필 작법

contents
목차

현대수필의 뿌리

연구 논문 「고전수필의 맥을 잇는 현대수필 작법」은 계간 『창작에 세이』 28호에서 연재를 시작하여 제호(題號)가 바뀐 『산문의 시』 40호(2020.10.)에서 연재를 마감했다. 처음부터 편집실 의도는 연재에 목적이 있는 게 아니었다. 현대문학 1세기가 지난 지금까지, 문단 어디에도 없는 『고전수필의 맥을 잇는 현대수필 작법』, 이 한 권의 책을 우리 ≪한국 산문의 詩 문인협회≫에서 만들어 내놓기 위한 것이었다.

여기에는 주로 중등학교 교과서에 실린 고전수필 15편을 다루었다. 책을 내면서 '현대수필 창작론'이냐, '현대수필 작법'이냐를 놓고 고심했다. 결국엔 '작법' 쪽을 택했다. 시중에 고전수필에서 이끌어낸 창작수필 작법서가 없기도 하려니와 독자들에게 친근한 이름으로 다가가기 위해서다. 또한 두어 달 전에 나온 『창작수필을 평하다』와 쌍을 이룰 책이기도 해서다.

우리 고전문학에서 서구의 에세이(essay)에 해당하는 글은 한 편도 없다. 갑오경장(1894) 이후 우리 수필이 정신을 차리지 못하고 있을 때, 슬그머니 서양의 에세이가 들어왔다. 그리하여 학자들 사이에 '수필=에세이'다. 아니다. '수필≠에세이'다로 왈가왈부했다. 우리 수필 이론이 없다보니 에세이 이론에 수필을 꿰맞춘 꼴이 되고 말았다. 두 파로 갈린 학자들은 결국은 우리 수필을 에세이처럼 써야 한다는 데서 손을 잡았다. 여기에 나는 동의할 수 없다. 우리 고전수필을 제대로 연구만 했어도 에세이론을 차용하는 일은 없었을 것이기 때문이다. 「동명일기」한 편만 잘 연구했더라도 서구문예사조가 몰고 온 '창작론'을 대응할 수 있었을 것이다. 도(道)를 앞세운 우리에게 '창작론'이 세워져 있지 않았을 뿐이었다.

이론보다 먼저 우리 인간에게는 자기표현 본능이 있다고 보아야 한다. 창작론이 서지 않았을 때 써진 「동명일기」등 우리 고전수필이 창작 작품이었다는 것을 실냉할 실은 없는 것일까? 있다. 〈자기표현 본능설〉, 〈흡인 본능설〉, 〈모방충동설〉〈유희 본능설〉등 심리학적 학설에서 고전수필이 현대문학에서 말하는 창작수필로 태어난 사실을 이론적으로 설명할 수 있는 것이다. 서구의 창작론이 들어왔을 때 우리는 고전수필론(古典隨筆論)을 확립하여 내놓았어야 했다. 한 번 실기하다보니 그 후 100년이 지난 오늘에도 그게 없으니 현대문학 1세기를 수필도, 에세이도 아닌 어정쩡한 잡문론에 빠져 수필은 정체성을 잃고 말았다.

이런 와중에도 분명히 말할 수 있는 것은 고전수필과 현대수필은 바탕에 창작이란 탯줄로 면면히 그 흐름을 이어가고 있었다는 사실이다. 다른 장르에서는 전통 단절론(傳統斷絶論)이니, 이식 문화론(移植文化論)이니 하여 시달리기도 했지만, 없는 듯이 뒷전에 있던 수필만은 분명하게 고전수필과 현대수필의 맥이 이어지고 있음을 우리는 여기서 확인하게 되었다. 고전수필의 작법에서 현대수필 창작론을 얼마든지 뽑아 쓸 수 있다는 얘기다. 고전수필을 창조적으로 계승·발전시킨다는 것은 무엇인가? 고전수필에서 현대수필의 싹과 줄기와 열매를 탐스럽게 기대할 수 있다는 말이다. 한국의 현대수필인 「가람 문선 序」(이병기), 「달밤」(윤오영), 「보리」(한흑구)의 어느 구석에 에세이적 흔적이 묻어 있는가? 흰옷과 구들장 아랫목 등 한옥의 정서가 가득할 뿐이다.

늦었지만 우리 문단에 『고전수필의 맥을 잇는 현대수필 작법』을 선보인다. 모든 생명력은 뿌리에서 약동한다. 현대수필의 뿌리는 고전수필이다. 뿌리 없는 생명이 존재할 수 있겠는가!

2021. 2.

오덕렬 씀

순	작품명	작 가	시대	비 고
1	「월등사 죽루 죽기(月燈寺竹樓竹記)」	이인로(李仁老) (1152~1220)	고려 명종 때	고대문학
2	「슬견설 (虱犬說)」	이규보(李奎報) (1168~1241)	고려 이규보(李奎報)	고대문학
3	「이옥설 (理屋說)」	이규보(李奎報) (1168~1241)	고려 이규보(李奎報)	고대문학
4	「차마설 (借馬說)」	이곡(李穀) (1298~1351)	고려 이곡(李穀)	고대문학
5	「동명일기 (東溟日記)」	의령 남씨 (宜寧南氏)	21대 영조 49년 (1773)	근세문학
		연안 김씨 (延安金氏) 의유당	23대 순조29년 (1829)	근세문학
6	「낙민루」 『의유당일기』	의령 남씨 (宜寧南氏)	21대 영조 49년 (1773)	근세문학
		연안 김씨 (延安金氏) 의유당	23대 순조 29년 (1829)	근세문학
7	「일야구도하기 (一夜九渡河記)」· 「물」	연암(燕巖) 박지원(朴趾源) (1737~1805)	22대 정조	근세문학

순	작품명	작가	시대	비고
8	「야출고북구기 (夜出古北口記)」	연암(燕巖) 박지원(朴趾源) (1737~1805)	22대 정조	근세문학
9	「야출고북구기 후지」 (夜出古北口記 後識)	상동(上同)	상동(上同)	근세문학
10	「호곡장 (好哭場)」	상동(上同)	상동(上同)	근세문학
11	「증백영숙입기 린협서贈白永叔 入麒麟峽序」	상동(上同)	상동(上同)	근세문학
12	「북산루 (北山樓)」 『의유당일기』	의령 남씨 (宜寧南氏)	21대 영조 49년 (1773)	근세문학
		연안 김씨 (延安金氏) 의유당	23대 순조 29년 (1829)	근세문학
13	「수오재기 (守吾齋記)」	다산 정약용 (1762~1836)	22대 정조	근세문학
14	「조침문」	유씨 부인 (俞氏夫人)	23대 순조(純祖) 때 1800~1834	근세문학
15	「규중칠우쟁 공론」	미상	25대 철종 때 작 추정 1831~1863	근세문학

고전수필의 맥을 잇는 현대수필 작법 ———————————————

1. 대[竹]의 특성을 인생에 빗대어 표현한 한문 고전수필

월등사 죽루죽기(月燈寺竹樓竹記) / 이인로(李仁老) / 장덕순(張德順) 옮김

『월등사 죽루죽기(月燈寺竹樓竹記)』

이인로(李仁老, 1152~1220) / 장덕순(張德順) 옮김

화산(華山) 월등사(月燈寺) 남서쪽에 죽루(竹樓)가 있다. 그 죽루의 서쪽 언덕에는 대나무 수천 그루가 그윽한 숲을 이루면서 절의 뒷면을 옹위하고 있는데, 모두가 밋밋하고 훤칠하여 보는 사람을 시원스럽게 해 주고 있다.

그 절의 주지인 노스님 대선후(大禪候)가 일찍부터 이 대나무를 좋아했었다. 하루는 누각에 몇 손님을 초대(招待)하여 놓고, 대나무를 가리키며 이렇게 입을 열었다.

"여러분은 대의 아름다움에 대해서 거리낌 없이 말씀해 주십시오."

한 사람이 나서서 말한다.

"죽순(竹筍)은 식료품으로 대단히 좋습니다. 그 싹이 싱싱하게 나올 때면, 마디는 촘촘하고 댓속은 살이 올라 꽉 차게 됩니다. 이때에 도끼로 찍고 칼로 잘 다듬어서 솥에 삶아 내어 화롯불에 구우면, 그 냄새가 향기롭고 맛은 연하여, 그야말로 입에는 기름이 흐르고 뱃속

에는 살이 오릅니다. 이 죽순의 맛을 알게 되면, 쇠고기나 양고기의 맛은 멀리 달아나고, 노린내가 나는 산짐승의 고기도 문제가 안 됩니다. 그리고 늘 먹어도 싫증이 안 나는 이 대야말로 실로 맛 중의 맛이 있는 것입니다.”

또, 다른 사람이 말한다.

“대는 강하면서도 강하지 않고, 연하면서도 연하지 않아 사람들이 쓰기 편합니다. 잘 휘어지니 광주리나 상자를 만들 수 있고, 가늘게 쪼개어 엮으면 문에 걸치는 발이 되며, 적당히 잘라서 짜면 마루위에 까는 자리가 되며, 잘라서 잘 깎으면 옷 상자, 도시락, 술 용수, 소나 말을 먹이는 죽통, 대그릇, 조리 따위가 됩니다. 이러한 종요로운 그릇들이 모두 대로 되었으니, 대란 우리 인간에게 있어서 커다란 공헌을 하고 있습니다.”

또, 한 사람은 이렇게 말한다.

“대가 돋아날 때에는 정연한 줄을 지어서 늘어서는 데, 큰 것, 작은 것, 먼저 나온 것, 뒤에 나온 것들이 질서 있게 차례를 이루고 있고, 처음에는 뾰족하게 돋아나다가 좀 지나면서부터 미끈하고 훤칠해집니다. 그러다가 대모(玳瑁)[1] 같은 껍질이 단단해지고, 그 줄기가 마치 옥으로 만든 기둥 같은데, 이것이 자라면 분가루는 없어지고, 껍질이 단단해지고 흰 마디는 비로소 뚜렷해집니다. 이 때부터 푸른 연기

---

1) 바다거북의 껍데기. 공예용과 장식용으로 쓰임.

(煙氣)는 흩어지지 않고, 시원한 바람소리는 저절로 납니다. '솨아솨아' 하는 바람 소리, 짙푸른 그늘, 달을 희롱하는 저녁의 그림자, 그리고 그 차갑고도 시원한 모습은 눈 속에 덮여 오히려 더 푸릅니다. 이런 때의 대는 가장 좋은 경치를 이루고 있습니다. 봄부터 그 해가 기우는 섣달까지 날마다 이 대 아래에서 시를 읊을 수 있고, 온갖 걱정을 잊을 수 있으며, 따라서 상쾌한 기분을 되살릴 수 있습니다. 대의 운치는 정녕 이런 것입니다."

어떤 이는 또 이렇게 대답한다.

"대는 그 종류도 다양하거니와 대가 생산되는 지방에 따라 그 이름과 모양과 쓰임새가 다릅니다. 대는 바다가 얼 정도로 추워도 그 잎이 떨어지지 않으며, 쇠를 녹일 만한 더위 속에서도 그 잎이 마르지를 않습니다. 해마다 푸르고 싱싱하여 변하지 않습니다. 그러므로 성인(聖人)은 대를 숭상하며, 군자(君子)는 그를 본받으려 합니다. 대야말로 지방이나 시절에 따라 그 뜻을 바꾸지 않는 것이니, 대의 지조는 이렇게 굳고 곧고 정갈합니다."

이에, 스님인 식영암(息影庵)은 이렇게 말했다.

"대의 맛이나 재목 혹은 운치나 지조로써 이 대를 좋아한다면, 이는 이른바, 그 겉만 얻고 정수는 잃어버리는 것입니다. 즉, 대라는 것이 처음 날 때부터 쑥 빼어나서 준수하게 생긴 것은, 나면서부터 깨달은 사람이 갑자기 전진하는 것과 비길 수 있으며, 그리고 이 대가 늙어

갈수록 더욱 강하고 단단해지는 것은 일생 동안 노력을 아끼지 않은 사람의 힘이 점점 더해가는 것에 비길 수 있습니다. 대의 속이 빈 것으로 사람의 성품이 공허한 것을 볼 수 있으며, 대의 곧은 것으로 사람의 실상을 볼 수 있습니다. 대의 뿌리가 용(龍)으로 변화하는 것은 능히 부처님이 될 수 있다는 데에 비유할 만하며, 대의 열매로 봉(鳳)을 먹이는 것은 남을 이롭게 하는 길이 되는 것입니다. 공(公)이 대를 좋아하는 이유는 무엇보다도 여기에 있을 것입니다."

공이 대답하기를,

"그대의 말이 옳도다! 그대야말로 정녕 대의 좋은 친구로다."

라고 하였다. 후일(後日)에 대를 좋아하는 사람의 모범이 되게 하기 위해서 감히 널쪽에 적어두는 바이다.

(교육개발원: 중학교 국어 3-1. 1994)

『 대[竹]의 특성을 인생에 빗대어
표현한 한문 고전수필 』

이번 작품은 이인로(李仁老) 작, 장덕순(張德順) 옮김 '월등사 죽루 죽기(月燈寺竹樓竹記)'이다. 그러니까 「영명사 득월루 상량문」을 번역한 것이다.

상량문(上梁文)은 "옛날에는 건축물의 얼개를 올리면 음식을 차리고 기술자들을 위로하는 의식을 가졌는데, 이 때 기술자 중의 우두머리가 음식물을 들보에 던지면서 빌며 기원하였다. 그 때의 문장을 가리킨다."(권호: 『고전수필개론』, 동문선, 2009) 옛날에만 그런 것은 아니다 농경 사회에서도 자작일촌하여 살 때, 아들을 분가 시키면서 성주를 모실 때도 그랬다. 지금 아파트를 지을 때도 이와 비슷한 의식이 행해지고 있음을 본다.

번역문이라 해도 학자들의 견해에 따라서 넓은 의미의 국문학으로 볼 수도 있는 작품이다. 장덕순 교수의 『국문학통론』(신구문화사, 1960) 등에서 보면 한국문학의 개념 정의에서 크게 둘로 갈린다. 하나는 "한문학은 국문학이 아니다."라고 주장하는 쪽이다. 여기에 속하는 학자·학회는 天台山人·우리어문학회·김사엽·이광수 등이다. 이와는 반대로 "한문학도 국문학이다."라고 주장하는 학자가 있다. 조윤제·高○玉·정병욱·장덕순·최강현 등이다.

이번에 고전 번역 수필 연구의 문을 열면서 이 작품을 먼저 택한 것은 앞의 연재 작품들과 같은 『의유당관북유람일기』에 같이 실려 있는 작품이기 때문이다. 그리고 앞으로 연구할 작품은 각급학교 교과서에 실린 작품으로 하는 까닭이기도 하다.

이인로는 고려 명종 때의 학자(1152~1220)로, 수필집 『파한집』이 있다.(우리말샘) 『파한집』의 '파한(破閑)'이란 한가함을 깨뜨린다는 의미다. 그 내용이 시화(詩話)·일화(逸話)·기사(記事) 등으로 구성되어 있지만, 그 태반이 시화의 범주에 넣을 수 있기 때문에 우리나라 시화집의 효시로 손꼽힌다.

이 작품의 갈래는 고전 한문수필이다. 제목에서 보이는 바와 같이 기(記)이다. 즉, '月燈寺竹樓竹'에 대한 '記'인 것이다. 記(記)는 "어떤 일을 잊지 않기 위해 기록해 두는 데서 출발한 문장이다. 이를 테면 건축물을 짓거나 수리한 연월·건축자·비용의 대강 등을 기록하고, 일의 진척 사항을 기술한 후, 대략을 의론식으로 끝맺음 한 문장 등이 바로 그것이다."(권호: 앞의 책)

소재는 '대나무'이고, 소재를 작품 속으로 끌고 들어와 제재로 삼았다. 이 제재에서 길어낸 주제는 '대[竹]의 예찬'이다. 그러나 현대에세이의 요체라 할 수 있는 '생각 길어내기(가치 창조)'를 좀 더 깊이 파고들면 '사물에 대한 바른 인식 태도'라 할 수 있겠다. 여기서 두 주제문을 합쳐보면 '대[竹]의 예찬을 통한 사물의 바른 인식 태도'이다. 이 점이 이 수필(에세이)의 뛰어난 점이기도 하다. 상량문에 지은이의 생각이 첨가되어 수필(에세이)로서의 맛과 향기가 살아 있다. 이것이 수필(에세이)의 개성이다. '월등사 죽루죽기'에는 대나무의 일반적인 특성을 인생에 빗대어 표현한 것에서 지은이의 개성이 드러나 있다.

구성은 누가 봐도 얼른 알 수 있는 '기-승-전-결'의 4단 구성의 미괄식이다. '발단-전개-위기-대단원'으로 이를 요약하면, 기(起)에서 월등사 대선후가 '대'에 대한 평가를 유도하고, 승(承)에서 대에 대하여 '부분적 인식자' 4분이 차례로 대나무의 '맛·목재·운치·지조' 순으로 예찬한다. 전(轉)에서는 '종합적 인식자'인 식영암이 '대'를 통해 얻을 수 있는 삶의 교훈을 대나무의 일반적 특성에서 인생에 빗대어 유추해 냈다. 대의 속성을 예찬한 '맛·목재·운치·지조'에서는 알맹이는 모르는 '수박 겉핥기'라 할 수 있는 바, 식영암이 알맹이인 교훈성을 짚어내고 있다. "일생 동안 노력을 아끼지 않은 사람의 힘이 점점 더 해가는 것"에서 '선천적 능력보다 노력이 중요함을, "대의 속이 빈 것으로 사람의 성품이 공허한 것을 볼 수 있으며"에서 '공(空) 사상'을, "대의 곧은 것으로 사람의 실상을 볼 수 있습니다"에서 '곧은 본성'을, "대의 뿌리가 용(龍)으로 변화하는 것은 능히 부처님이 될 수 있다는 데에 비유할 만하며"에서 '부처性·탈속성'을, "대의 열매로 봉(鳳)을 먹는 것은 남을 이롭게 하는 길이 되는 것"에서는 '희생과 자비의 삶' 등을 유추해 냈다. 이로써 '대나무 속성과 인간 심성과의 연관성'으로 종합하였다. 결(結)에서는 월등사 대선후께서 식영암의 대에 대한 평가를 예찬하고, 글을 쓰게 된 동기를 밝히며 끝을 맺는다.

직품의 싱식은 불교석·예찬적·교술적이다. 대의 속성에 대한 여러 사람의 의견을 제시하면서 대나무에서 '지조'나 '절개' 같은 일반적 해석보다 대의 속성에 대한 진정한 장점을 밝힌 글이다. 즉, "대라는 것이 처음 나면서부터 깨달은 사람이 갑자기 전진하는 것과 비길 수 있으며"에서 돈오(頓悟)의 경지를. "대가 늙어갈수록 더욱 강하고 단단해지는 것"에서 점오(漸悟)의 경지를 깨치게 하여 불교적 가치를 드러내고 있다.

    대나무의 특성을 인생에 빗대었다는 말은 비유법적 표현이라는 말이다. 비유법에는 직유·은유·활유·의인·의물·상징 등이 있다. 비유가 성립하는 근거를 마련해 주는 것은 원관념과 보조관념이 지니고 있는 차이성 속의 유사성(similarity)이다.(오규원:『현대시작법』문학과 지성사, 271쪽) 그리고 은유는 직유 같은 연결어가 없는 만큼 원관념과 보조관념 사이에 강한 탄력이 생긴다. 그 탄력은 두 개의 관념이 가지고 있는 차이성과 유사성이 서로 부딪치며 이룩해 내는 새로운 의미론적 전이와 의미 발생의 자장(磁場)이다. 은유metaphor는 어원상 meta(초월해서, over, beyond)와 phora(옮김, carrying)의 합성어로 '의미론적 전이'란 뜻을 가진다. 활유(活諭)personification는 인간이 아닌 사물이나 추상 개념에 인간적인 요소를 부여하여 표현하는 비유법이다. 그럴 때 대상(사물이나 추상 개념)은 감정 이입(感情移入)이 되어 생동감을 갖는다.(오규원) 활유법은 생명이 없는 것을 산 것(생물)으로 빗대는 기교이다. 동물이나 무생물의 경우에는 의인법과 겹친다. 또한 인간을 물건으로 빗대는 의물법(擬物法)과도 비교된다.(장하늘:『수사법 사전』) 의인법(personification)은 은유의 특별한 한 종류다. 의인화는 상상력이 없으면 불가능 하다. 의인화의 세계는 본질상 상상력의 세계이기 때문이다.(문덕수:『오늘의 시 작법』) 사람을 동물이나 무생물에 빗대는 의물법(擬物法)은 의인법의 반대이다. '나는 한 마리 비둘기다'와 '나는 한 그루의 나무다'와 같이 비정물 곧 비인격체로 둔갑시킨 경우다.(장하늘)

이 작품에는 의인법이 몇 군데 쓰이지 않았지만 '창작적인 변화'가 의인법에 의해 어떻게 표현되었는지 살펴보자. "달을 희롱하는 저녁의 그림자"에서 보자. 대의 그림자는 무생물이다. 어떻게 '달을 희롱' 하겠는가. 이렇게 표현한 것은 대의 그림자를 사람에 빗댄 표현이다. 그리고 '희롱'하는 행위는 의지적 행위다. 그림자에게는 의지가 없다. 화자의 의지가 그림자에게 감정이입(感情移入) 되어 생동감을 가지게 된 것이다. 이 또한 사람의 의지적 행위에 빗댄 표현이다. 이런 표현은 모두 문학적·상상적·허구적 표현인 것이다.

고전수필에서 현대에세이(수필)에 이어지는 전통은 있는가? 소위 '붓 가는 대로' 수필은 고전수필의 맥을 잇지도 못했고, 현대에세이(수필)와의 연관도 없다. 고전수필 작품에서 의인법 하나만 연구하여 계승시켰더라도 현대에세이는 비약적으로 발전하였을 것이다.

이 글과 같은 불교의 예찬적(禮讚的) 시로는 한용운의 「찬송」이 있다. "님이여, 당신은 봄과 광명과 평화를 좋아하십니다. / 약자의 가슴에 눈물을 뿌리는 자비의 보살이 되옵소서./ 님이여, 사랑이여. 얼음 바다의 봄바람이여!"가 그것이다.

이제 대[竹]에 대한 짧은 시 한편을 감상하면서 글을 마치고자 한다. 마디 굵은 대 같다는 서정춘의 시다.

여기서부터,──멀다

칸칸마다 밤이 깊은

푸른 기차를 타고

대꽃이 피는 마을까지

백년이 걸린다

(「죽편(竹篇) 1-여행」 전문)

〈참고 문헌〉 ─────────────────────────

권호:『고전수필개론』(동문선, 2009)

문덕수:『오늘의 시 작법』(시문학사, 1992)

오규원:『현대시작법』(문학과 지성사, 2004)

이관희:『산문의 詩』33호(비유, 2019)

장덕순:『한국수필문학사』(박이정, 1995)

───:『國文學通論』(신구문화사, 1960)

장하늘:『수사법 사전』(다산초당, 2009)

하성욱 외:『고전산문의 모든 것』(꿈을담은틀, 2007)

한국교육개발원:『중학교 국어 3-1』(1994)

─────────────────────────────

고전수필의 맥을 잇는 현대수필 작법 ——————————————————————

2. 변증법적 전개로 도(道)에 이른 고전수필

슬견설(虱犬說) / 이규보(李奎報) / 장덕순(張德順) 옮김

『슬견설虱犬說』

이규보(李奎報, 1168~1241) / 장덕순(張德順) 옮김

어떤 손[客]이 나에게 이런 말을 했다.

"어제 저녁엔 아주 처참한 광경을 보았습니다. 어떤 불량한 사람이 큰 몽둥이로 돌아다니는 개를 쳐서 죽이는데, 보기에도 너무 참혹하여 실로 마음이 아파서 견딜 수가 없었습니다. 그래서 이제부터는 맹세코 개나 돼지의 고기를 먹지 않기로 했습니다."

이 말을 듣고, 나는 이렇게 대답했다.

"어떤 사람이 불이 이글이글하는 화로를 끼고 앉아서, 이를 잡아서 그 불 속에 넣어 태워 죽이는 것을 보고, 나는 마음이 아파서 다시는 이를 잡지 않기로 맹세했습니다."

손이 실망하는 듯한 표정으로,

"이는 미물이 아닙니까? 나는 덩그렇게 크고 육중한 짐승이 죽는 것을 보고, 불쌍히 여겨서 한 말인데 당신은 구태여 이를 예로 들어서 대꾸하니 이는 필연코 나를 놀리는 것이 아닙니까?"

하고 대들었다. 나는 좀 구체적으로 설명할 필요를 느꼈다.

　"무릇 피[血]와 기운[氣]이 있는 것은 사람으로부터 소, 말, 돼지, 양, 벌레, 개미에 이르기까지 모두가 한결같이 살기를 원하고 죽기를 싫어하는 것입니다. 어찌 큰 놈만 죽기를 싫어하고, 작은 놈만 죽기를 좋아하겠습니까? 그런즉, 개와 이의 죽음은 같은 것입니다. 그래서 예를 들어서 큰놈과 작은 놈을 적절히 대조한 것이지, 당신을 놀리기 위해서 한 말은 아닙니다. 당신이 내 말을 믿지 못하겠으면 당신의 열 손가락을 깨물어 보십시오. 엄지손가락만이 아프고 그 나머지는 아프지 않습니까? 한 몸에 붙어있는 큰 지절(支節)과 작은 부분이 골고루 피와 고기가 있으니, 그 아픔은 같은 것이 아니겠습니까? 하물며, 각기 기운과 숨을 받은 자로서 어찌 저놈은 죽음을 싫어하고 이놈은 좋아할 턱이 있겠습니까? 당신은 물러가서 눈 감고 고요히 생각해 보십시오. 그리하여 달팽이의 뿔을 쇠뿔과 같이 보고, 메추리를 대붕(大鵬)과 동일시하도록 해 보십시오. 연후에 나는 당신과 함께 도(道)를 이야기 히겠습니다."

　라고 했다.

(고등학교 국어(상) 문교부 저작 9011-02010
서울대학교 사범대학 1종도서 연구위원회)

『 변증법적 전개로 도(道)에 이른 고전수필 』

「슬견설(虱犬說)」은 고등학교 국어(상)(문교부 저작, 1990.3.1.)에 수록된 고전수필이다. 우리나라 문학사에서 고전문학이란 갑오개혁(1894) 이전의 문학을 말한다. 고전수필도 이 구분을 따르는 것이 자연스럽다. 조윤제 박사의 견해에 따르면 고전문학도 이를 둘로 나누어 고려 시대의 문학까지를 고대 문학, 조선 시대의 문학을 근세 문학이라 한다.

그렇다면 이규보(李奎報)의 「슬견설(虱犬說)」은 고전 수필 중 어디에 속할까? [네이버 지식백과] (문화콘텐츠닷컴, 문화원형 용어사전)의 기록을 보자.

이규보(李奎報, 1168년~1241년) 고려사에 등장하는 인물. 고려시대의 문신·문인. 명문장가로 그가 지은 시풍(詩風)은 당대를 풍미했다. 몽골군의 침입을 진정표(陳情表)로써 격퇴하기도 하였다. 저서에 『동국이상국집』 『국선생전』 등이 있으며, 작품으로 「동명왕편(東明王篇)」 등이 있다.

이상에서 보면 「슬견설(虱犬說)」은 '고대 문학 후기(고려)' 때의 작품임을 알 수 있다. 대략 지금부터 770여 년 전의 작품이다. 이 시대에는 한문학이 가장 융성한 때이다. 조윤제 박사의 고등학교 『국어 1』(1985.3.1.)에 실린 '고전 문학사 (1)'에서 보면 '고대 문학 후기'의 '한문학'에서 이규보(李奎報)를, 이 시기의 대가로 소개한 후 '이규보의 동국이상국집(東國李相國集)과 백운소설(白雲小說)을 기억하기'로 하자고 했다.

「슬견설(虱犬說)」은 고전 한문수필로 설(說)이다. '설(說)'은 한문 문체의 하나. 사물의 이치를 풀이하고 의견을 덧붙여 서술하는 글이다. 즉, 이[늘(虱)]와 개[션(犬)]가 소재가 되겠다. 이와 개의 죽음을 제재로 삼아 쓴 한문수필이다. 작가가 이 제재에서 끌어낸 주제는 무엇일까? '만물은 크기에 관계없이 근본적 속성이 동일하므로, 선입견을 버리고 사물의 본질을 올바로 보는 안목을 갖추자'는 것이겠다.

구성은 4단구성이다. 발단[起]-전개[承]-위기·절정[轉]-대단원[結]의 구성을 보자.

단계	부터 ~ 까지	소주제
발단[起]	어떤 손[客]이 나에게 ~ 고기를 먹지 않기로 했습니다.	손의 일반적인 생각(개[犬]의 죽음에 마음이 아픔) [정(正)]
전개[承]	이 말을 듣고, 나는 이렇게 대답했다. ~ 이를 잡지 않기로 맹세했습니다.	'나'의 생각(이[虱]의 죽음에 마음이 아픔) [반(反)]
위기·절정[轉]	손이 실망하는 듯한 표정으로, ~ 이는 필연코 나를 놀리는 것이 아닙니까?	손[客]의 반박 (개는 대물(大物)이고 이는 미물(微物)임)
대단원[結]	하고 대들었다. ~ "나는 당신과 함께 도(道)를 이야기 하겠습니다."라고 했다.	나의 충고 (생명은 본질적으로 같음) [합(合)]

이 글은 '이[虱]'나 '개[犬]'의 죽음을 어떻게 보느냐를 놓고, 손[客]과 '나' 사이의 의견 충돌로 논쟁을 벌인 글이다. 손과 내가 견해 차이가 생기는 것은 생각의 기본 전제가 다르기 때문이다. '손'은 개 같은 '큰 동물의 죽음만이 불쌍하다'고 생각하지만, '나'는 '작은 동물이라 할지라도 생명을 가진 것이라면 그 죽음은 불쌍하다'고 생각한다. 전제에 따라 결론도 다르게 도출되기 마련이다.

이 이야기를 통해 글쓴이 '내'가 주는 교훈은 무엇인가? 그것은 만물은 그 크기에 관계없이 근본적 속성이 동일하므로, 사물의 본질을 올바로 보는 안목을 갖추자는 것이다. 이 논리 전개에서 우리는 헤겔의 변증법(辨證法)을 짚어봐야 하겠다.

변증법이란 것을 인식뿐만 아니라 존재에 관한 논리로 생각한 것은 G.W.F.헤겔이었다. 헤겔은 인식이나 사물은 정(正)·반(反)·합(合)(정립·반정립·종합, 또는 卽自·對自·즉자 겸 대자라고도 한다)의 3단계를 거쳐서 전개된다고 생각하였으며 이 3단계적 전개를 변증법이라고 생각하였다. 정(正)의 단계란 그 자신 속에 실은 암암리에 모순을 포함하고 있음에도 불구하고 그 모순을 알아채지 못하고 있는 단계이며, 반(反)의 단계란 그 모순이 자각되어 밖으로 드러나는 단계이다. 그리고 이와 같이 모순에 부딪침으로써 제3의 합(合)의 단계로 전개해 나간다.(네이미 지식백과. 변증법[dialectic, 辨證法],두산백과)

아래 그림[헤겔의 변증법]을 보자. 정(正)을 '손[客]의 말'이라 한다면, 반(反)은 '나의 답'이다. 두 견해가 언제까지나 싸우고만 있으면 해결이 되지 않는다. 합(合)은 '나의 결론'으로 손과 내가 서로 조금씩 양보하여 종합 통일된 단계이다. 여기서는 정과 반에서 볼 수 있었던 두 개의 규정이 함께 부정되면서 또한 함께 살아나서 통일된다. 즉, 그림의 중앙 점선과 같이 지양(止揚)되는 것이다. 지양(止揚)은 아우프헤벤(aufheben) 또는 양기(揚棄)라고도 한다. 합은 두 모순율을 부정하면서 얻어진 합일점이다. 여기서는 결론, 즉 모든 생물체는 본질적으로 소중하므로 선입견을 버리고 사물의 본질을 편견 없이 보아야 한다는 것이다. 여기서 **〈변증법적 전개로 도(道)에 이른 고전수필〉**이란 본론의 표제(標題/表題)가 도출된 것이다.

헤겔의 변증법

그렇다면 합(合)은 영원히 합으로서 존재하는가? 아니다. 세월이 흐르고 환경이 달라지면 이 합이 다시 정(正)의 위치에 서게 된다. 그러면 또다시 '정(正)―반(反)―합(合)'의 변화가 계속되는 것이다. 그래서 역사는 합(合)의 방향으로 진행되는 것이라 본다.

평자는 이 수필에서 맹자(孟子)에 나오는 이양역우(以羊易牛)가 스쳐갔다. 이양역우(以羊易牛)는 '양으로써 소를 바꾼다'는 뜻이다. 큰 소 대신 양을 쓴다는 말…. 소는 크고 양은 작은 차이가 있지만 같은 행위에 속한다. 그게 그거다. 오십 보 백 보가 아닌가? 양혜왕(梁

惠王)이 종(鍾)에 피를 바르고자 소를 죽이려고 함을 보고서 불쌍히 여기어 소 대신 양을 쓰도록 한 고사에서 유래한다. 죄 없이 죽으러 가는 소에 대한 왕의 불인지심(不忍之心)—차마 보지 못하는 마음을 왕도정치의 가능 근거로서 맹자는 파악한 것이다. 불인지심은 곧 인심(仁心)이니 왕도정치(王道政治)는 다름 아닌 인정(仁政)을 말한다는 것이다. 그러나 양혜왕의 이양역우에서 '소와 양이'이 어찌 구별이 있겠습니까, 하고 왕의 아픈 곳을 찌른 것이다. 왕은 "그것 참 무슨 마음에서였던가[是誠何心哉]" 하며 쩔쩔매는 왕에게 맹자는 "왕께서는 그러나 걱정하실 것은 없습니다. 그것이야말로 인술(仁術)—인(仁)을 실천하는 방법입니다. 소의 불쌍한 모습은 눈앞에 직접 보셨지만 양(羊)은 직접 보지 않으신 까닭입니다[見牛未見羊也]"라고 해명하여 준다. 자기의 이양역지(以羊易之)의 처사에 대한 확실한 주관이 서지 않은 선왕(宣王)에게 맹자의 이 해명은 복음(福音)이었다.(맹자: 양혜왕(梁惠王) 장구(章句) 上 7) 여기서 이양역우는 왕도 정치를 설한 것이기 때문에 위의 슬견설(虱犬說)의 경우와는 입장이 다르다는 것을 이해해야 하겠다.

변증법과 이양역우에 대해서 얘기가 좀 길어졌다. 위에서 주제 도출, 구성 단계까지 살폈다. 이제 「슬견설(虱犬說)」을 한 발 물러서서 종합적으로 살펴보자. 특징은 무엇일까? ① 사소하고 평범한 사물을 통해 교훈적 의미를 깨우쳤다. ② 비유와 우의적(寓意的)인 표현을 썼다. ③ 변증법적 대화를 통해 글을 전개했다. ④ 비교와 대조를 통해 주제를 부각시켰다. 우리는 여기서 소재 찾기, 비유적 표현, 글의 전개 방식 등을 염두에 두고 현대수필 작법을 생각할 일이다.

한문수필이기는 하지만 고려 시대의 작품이란 것을 염두에 두고 현대수필을 생각해 보자. 수필하면 먼저 떠오르는 게 뭘까? '붓 가는 대로'는 공개 부정·폐기(2015.1.28. 서울 뉴국제호텔)되었으니 언급할 필요가 없다. 그러나 '무형식'에 대해서는 좀 눈을 달리하여 생각해 볼 필요를 느낀다. 여기서도 수필이 문학인 이상 형식이 없다는 것은 말이 안 되는 얘기니 언급할 필요가 없는 것이다. 단지 '비교적 자유로운 형식으로 쓴 대화적인 산문'이란 점을 살펴보고자 한다. 형식의 자유로움이 특징이라는 말에는 수필이 산문의 창작적 변화를 거듭하여 나타난 〈창작수필〉이나 〈산문의 詩〉와도 관계가 있다. 무슨 말이냐 하면 '경계의 문학인 수필'―창작문학과 창작적인 문학의 경계, 문학의 각 장르와 경계, 예술과 비예술의 경계―이 창작적인 진화·변용을 거듭하여 지금은 〈창작수필〉·〈산문의 詩〉로 태어났다. 이 두 양식은 〈창작수필〉 = 〈산문의 詩〉로 내용은 같다. 형식적으로 〈산문의 詩〉는 〈운문시〉와 같이 형식이 매우 짧다. 그러면서 집중적으로 은유를 창작한다. 그러므로 여러 문학 장르의 왕자로 떠오르고 있다. 그러면서 여러 장르들을 친화력을 가지고 원용하는 현상을 보이고 있다. 그리하여 〈창작수필〉은 〈수필시=산문의 詩〉, 〈수필소설〉, 〈수필동화〉 〈수필희곡〉…, 등으로 그 형식을 넓혀나가고 있는 것이 그것이다. 수필이 문학이 되기 위해서는 구체적인 형상화(形象化)가 필요한 것은 당연한 일이다.

'대화적인 산문'이란 말을 들여다보자. 이 「슬견설(虱犬說)」은 대화 형식으로 구성되어 있다. 희곡 형식과 닿아 있으면서 수필 형식의 고전과 현대를 연결해 주고 있다. 몽테뉴의 에세이 이전에는 에세이라 부르지 않고 '대화(對話)·의론(議論)·논기(論記)라고 불렀다는 사실은 주지하는 바이다. 수필의 기본 조건은 ① 산문의 문학이다. ② 그 형식이 비교적 짧아야 한다. 기본적으로 대우성(對偶性, Antithetic)의 문학이다. 意見 表示요 敎訓的이다. 이것은 수필이 근원에 있어서 對話에서 시작되었다는 사실과 관련된 뜻이다. '대화적(對話的)인 獨白'의 문학이다.(백철. 『문학개론』, 354쪽)

수필에는 '개성이 짙게 드러난다.' '고백 형식'이다. 독자에게 수필에 몰입할 수 있게 한다. 극단적이고 단정적인 결론을 내리지 않는다. 결론에 도달할 때 자성(自省), 반추(反芻), 명상(冥想)한다. 여기서 수필이 철학성을 가지는 요인이 된다. 독자로 하여금 몰입(沒入)하게 한다. 수필이 독자에게 친근감을 주고 사물에 대한 생각을 깊게 해주는 힘의 원천이 되는 것이다.

　이 작품에서 보는 바와 같이 이[蝨]'나 '개[犬]' 같은 사소한 소재가 수필의 소재가 된다. 우리는 집안의 마당 소재에서 뛰쳐나오는 눈을 길러야 하겠다. 근 8백 년 전에도 소재를 찾는 눈이 이렇게 밝았는데 지금도 자기 집 마당 소재에서 벗어나지 못하고 있음은 무엇을 말해주고 있는가?

〈참고 문헌〉 ────────────────────────────

교육부:『고등학교 국어(상)』(서울사대 1종도서 연구위원회, 1990)

나병철:『문학의 이해』(문예출판사, 2013)

네이버 지식백과:『변증법[dialectic, 辨證法]』(두산백과)

맹자(孟子):『맹자(孟子)』(현암사, 1973)

문교부:『고등학교 국어 1』(한국교육개발원, 1985)

──────:『고등학교 국어 2』(한국교육개발원, 1985)

백철:『문학개론』(신구문화사, 1956)

이규보 지음·장덕순 옮김:『슬견설』(범우사, 2003)

조윤제:『국문학사개설』(을유문화사, 1967)

────────────────────────────────────

고전수필의 맥을 잇는 현대수필 작법 ─────────────────────

3. 유추(類推)의 전개 방식을 통해 주제를 드러낸 고전수필

이옥설(理屋說) / 이규보(李奎報)

『 이옥설理屋說 』

이규보(李奎報, 1168~1241)[1]

행랑채[2]가 퇴락하여[3] 지탱할 수 없게끔 된 것이 세 칸이었다. 나는 마지못하여 이를 모두 수리하였다. 그런데 그 중의 두 칸은 비가 샌 지 오래되었으나, 나는 그것을 알면서도 이럴까 저럴까 망설이다가 손을 대지 않았던 것이고, 나머지 한 칸은 처음 비가 샐 때 서둘러 기와를 갈았던 것이다. 이번에 수리하려고 보니 비가 샌 지 오래된 것은 그 서까래,[4] 추녀,[5] 기둥, 들보[6]가 모두 썩어서 못 쓰게 된 까닭으로

---

1) [글쓴이] 이규보(1168 ~ 1241): 고려 때의 문신 시, 수필 등 다양한 갈래에 걸쳐 많은 작품을 지었습니다. 주요 작품에 '동명왕편' 등이 있으며, 문집 "동국이상국집"을 남겼습니다.

2) 행랑채: 기와집이나 초가집이 있던 시절에 대문 곁에 둔 집채. 문간채라고도 한다.

3) 퇴락하다: 낡아서 무너지고 떨어지다.

4) 서까래: 마룻대에서 도리(서까래를 받치기 위해 기둥 위에 기둥 위에 건너지르는 나무)나 들보에 걸쳐지른 통나무.

5) 추녀: 네모지고 끝이 번쩍 들린, 처마의 네 귀에 있는 큰 서까래. 또는 그 부분의 처마.

6) 들보[들뽀]: 건물의 칸과 칸 사이의 두 기둥 위를 건너지른 나무.

수리비가 엄청나게 들었고, 한 번밖에 비가 새지 않았던 한 칸의 재목들은 온전하여 다시 쓸 수 있었기 때문에 그 비용이 많이 들지 않았다.

나는 이에 느낀 것이 있었다. 사람의 경우도 마찬가지라는 사실을. 잘못을 알고서도 바로 고치지 않으면 곧 그 자신이 나쁘게 되는 것이 마치 나무가 썩어서 못쓰게 되는 것과 같다. 잘못을 알고 고치기를 꺼리지 않으면 해(害)를[7] 받지 않고 다시 착한 사람이 될 수 있으니, 저 집의 재목처럼 말끔하게 다시 쓸 수 있는 것이다.

그 뿐만 아니라 나라의 정치도 이와 같다. 백성을 좀먹는 무리들을 내버려 두었다가는 백성들이 도탄[8]에 빠지고 나라가 위태롭게 된다. 그런 뒤에 급히 바로잡으려 해도 이미 썩어버린 재목처럼 때는 늦은 것이다. 어찌 삼가지[9] 않겠는가?

(박영목 외 14인: 중학교 『국어⑥』, 2012년 전시본)

---

7) 해(害): 이롭지 아니하게 하거나 손상을 입힘. 또는 그런 것.

8) 도탄: 질척거리는 진흙 구렁에 빠지고 숯불에 탄다는 뜻으로, 몹시 곤궁하여 고통스러운 지경을 이르는 말.

9) 삼가다: 몸가짐이나 언행을 조심하다.

유추(類推)의 전개 방식을 통해
주제를 드러낸 고전수필

「이옥설(理屋說)」은 고려 때 사람 이규보(1168~1241)의 작으로 2백자 원고지 넉 장 여의 짧은 글이다. 이옥(理屋)이란 말 그대로 '집 관리'의 뜻이니, '집을 수리 하며 느낀 것'을 한문 문체 설(說)로 쓴 글이다. 설(說)은 간략한 단편으로 콩트(conte) 같기도 하고, 에세이 같기도 하다. 특히 이규보의 '설'은 모두 예리한 비판과 심오한 철학을 지니고 있어서 수필로서 격조가 높다고 평할 만하다. 「때 묻은 거울 이야기[鏡說]」, 「슬견설(蝨犬說)」 등은 그 좋은 예인 것이다. 기(記)도 역시 설(說)과 비슷한 양식이다. 한문 문체(漢文文體)에 대하여 장덕 순 교수의 견해를 더 들어 보자. 상식으로는 잡저(雜著)만이 오늘의 수필과 같은 양식으로 보기 쉬우나, 이는 이름 그대로 신변잡기이다. 이보다 격이 높은 것으로 기(記). 설(說), 잠(箴) 등도 있다.

「이옥설(理屋說)」의 소재는 '퇴락한 행랑채'이다. 그렇다면 이 소재에서 이끌어낸 주제— 독자에게 꼭 하고 싶은 얘기는 무엇일까? "퇴락한 행랑채를 수리하면서 느낀 경험을 통하여 '잘못을 미리 알고 고쳐나가는 자세의 중요성'이라 하겠다. 이제 글의 구성을 살펴보자.

단계	부터~ 까지	소주제	글의 논지 전개
기起)	행랑채가 퇴락하여 ~그 비용이 많이 들지 않았다.	퇴락한 행랑채 수리 경험.	[나의 경험]→ [예시]
서(敍)	나는 이에 느낀 것이 있었다.~저 집의 재목처럼 말끔하게 다시 쓸 수 있을 것이다.	삶의 이치도 저 집의 재목과 같음.	[나의 깨달음]→ [유추적 적용]
결(結)	그 뿐만 아니라, 나라의 정치도 이와 같다.~어찌 삼가지 않겠는가?	나라의 정치도 이와 같음.	[깨달음의 확장]→ [유추적 확대 적용]

위의 구성을 함께 보자. '사실 경험'[퇴락한 행랑채의 수리 경험] ⇒ 느낀 것[삶의 이치를 깨달음] ⇒ 깨달음의 확장[나라의 정치에 적용]으로 확장됨을 본다. 지은이가 퇴락한 행랑채 수리 경험에서 깨달음을 얻었다. '나'의 깨달음은 삶의 이치도 저 집의 재목과 같겠다는 유추다. 여기서 그치지 않고 '나라의 정치도 이와 같다'는 깨달음으로

확장된다. 즉, 사실 경험[퇴락한 행랑채의 수리 경험]⇒ 깨달음[삶의 이치도 저 집의 재목과 같음을 깨달음] ⇒ 깨달음의 확장(나라의 정치도 이와 같음)의 3단 구성이다.

「이옥설(理屋說)」의 특징을 살펴보자. 구체적 경험으로 깨달은 바를 인간사 일반으로 확대 적용하여 이치를 밝히고 있다. 주제를 드러내기 위해 사용한 글의 전개 방식은 유추(類推)다. 유추는 '서로 다른 두 대상 한쪽의 성질에 빗대어 다른 한쪽의 성질을 미루어 짐작하는 추론 방식으로 유비 추리(類比推理)의 준말이다.

> 귀납법의 다른 형태로서 유추(類推, analogy)가 있다. 유추에 의한 일반화는 다음과 같은 원칙이 지켜져야 한다. ① 비교된 두 사례(事例)는 몇 가지 중요점에서 유사(類似)해야 한다. ② 두 사례 사이의 상이점(相異點)은 중요한 것이 아님이 밝혀져야 한다.(문덕수)

이 글은 지금으로부터 850여 년 전의 작품이다. 현대의 교과서에 싣는 것은 고전의 가치를 생각해서일 것이다. 고전 문학 작품에는 옛사람들의 삶과 지혜가 담겨 있다. 우리는 고전 문학 작품에 반영된 옛사람들의 생활, 사고방식, 가치관 등을 통해 자신의 삶을 돌아보기도

하고, 시대가 흘러도 변하지 않는 삶의 지혜를 배우기도 한다.

이옥설(理屋說)은 출전—(박영목 외 14인: 중학교 『국어⑥』, 2012년 전시본)—에서 본 바와 같이 중학교 국어교과서에 실린 작품이다. 고전문학 중에서도 고려 시대 문학이니 고대문학에 해당된다. 이런 지난 먼 시대의 고전문학을 현대의 학생들에게 무엇을 가르치겠다는 것인가? 우리는 그것을 '학습 목표'에서 확인 할 수 있는 것이다. 교과서의 학습목표는 두 가지로 제시되어 있다.

고전 수필을 읽고 작품에 담긴 선인들의 삶과 지혜를 이해한다.
자신의 경험을 바탕으로 삶을 성찰하는 글을 쓸 수 있다.

첫째 목표는 '작품 내용'을 이해하는 것이고, 둘째 목표는 '글을 쓸 수 있는' 능력 배양의 목표다. 지난날 우리 학교 교육은 둘째 목표는 좀 소홀히 한 감이 없지 않아 있다. 실제로 교실에서 글을 써보지 않고 과제로 처리하지 않았나 싶기도 하다. 지금 생각해 보면 두 목표 중에서 둘째 목표를 교실 현장에서 철저히 다루어야 할 목표가 아닌가 한다. 쓰기(짓기) 교육이 소홀히 된 데는 대학입시 교육의 문제에도 한 책임이 있다하겠다. 수능에서는 짓기 교육은 정량 평가가 현실적으로 어렵다는 점이다. 이를 보완하고자 대학별로 자기소개서를 가지고 정성평가를 실시했다. 자소서에 고액과외의 병폐가 발생했고, 정성평가의 신뢰성이 늘 문제였다. 다행히 현재 새로 개발된 교과서들은 저자가 학생들에게 국어 공부 방향을 합리적으로 제시하고 있다.

여기서 이규보의 생애와 그 문학에 대해서 좀더 알아보고 글을 마치고자 한다.

이규보는 술과 문학과 정치, 이 셋을 가장 잘 조화시킨 미남자였다. 뭇 사람 속에 섞여 있어도 곧잘 눈에 띄는 군계일학(群鷄一鶴) 같은 사람이었다. 시를 좋아하고 술을 즐기는 그는 거문고도 좋아했다. 그래서 스스로 삼혹호 선생(三酷好先生)이라고 일컫기도 했으니 사실상 그의 인간됨이 벼슬과는 멀 수밖에 없었다. 그는 비록 과거에는 세 번이나 실패했으나 어려서부터 신동(神童)으로 알려졌다. 20대의 규보에게서 찾을 수 있는 대표적 걸작은, 26세 때에 지은 영웅 서사시 동명왕편(東明王篇)이다. 일찍이 그를 가리켜 "동방의 시호(詩豪)는 오직 규보 한 사람 일뿐"이라고 말했다. 시호요, 주호(酒豪)인 그는 젊어서는 과연 호탕한 데가 있었다. 40세에 옥당(玉堂)에 들어간 이후 벼슬이 해마다 올라간 그는 만년에는 상국(相國: 영의정, 좌의정, 우의정을 통틀어 이르는 말)이라는 인신(人臣)이 누릴 최고의 지위까지 이르렀고, 74세의 고령으로 지닌 바 수명을 고스란히 다 살았다. 살아서 상국(相國)이었던 규보는 죽어서도 문장왕국(文章王國)의 우상(右相)이기도 했다. "심의(沈義)의 한문소설 『대관재 몽유록』에는, 천상의 왕국이 생겼으니 그 천자에 최치원, 수상에 을지문덕, 좌상에 이제현, 그리고 우상에 규보를 내세워 조각(組閣)을 했다."(장덕순: 이규보론-이규보의 생애와 그 문학)

〈참고 문헌〉 ────────────────

문교부: 『고등학교 국어 3』(한국교육개발원, 1986)

박영목 외 14인: 중학교 『국어⑥』(2012년 전시본)

이규보 지음 · 장덕순 옮김: 『슬견설』(범우사, 2003)

문덕수: 『신문장강화』(성문각, 1974)

하성욱 외: 『고전산문의 모든 것』(꿈을 담은 틀, 2007)

────────────────

고전수필의 맥을 잇는 현대수필 작법 ─────────────────────

──────── 4. 경험의 일반화로 주제를 드러낸 고전수필

차마설(借馬說) / 이곡(李穀)

『차마설借馬說[1]』

이곡(李穀, 1298~1351)

내가 집이 가난해서 말이 없으므로 더러 남의 말을 빌려서 탄다. 그런데 아둔하고 여윈 말을 빌리면, 비록 일이 급해도 감히 채찍을 가할 수 없고, 항상 쓰러질까 조심하며, 개천이나 구렁을 만났을 때는 곧 내리므로 아직은 뉘우친 일이 없다. 그러니 굽이 높고 귀가 날카로우며 몸이 날쌘 놈을 빌리면, 흡족하여 마음대로 채찍을 가하고 바삐 고삐를 당기니, 언덕과 골짜기가 평지처럼 보이는지라 심히 통쾌하기는 하나 낙마(落馬)의 위험을 면치 못한다.

아, 사람의 마음의 옮기고 바뀜이 어찌 한결같이 이러한가? 남의 것을 빌려 하루아침의 소용에 대비하는 데도 오히려 이러하거든 하물며 참 자기 소유(所有)의 것임에랴.[2]

---

1) 말을 빌려 타는 일에 관한 이야기.

2) 남의 말을 빌려 타면서도 그 말에 따라 사람의 마음이 옮기고 바뀌는데 자기 말이라면 더하지 않겠느냐는 뜻. 마음이 옮기고 바뀐다는 것은 가령, "둔한 말:답답하다·안전하다 ↔날쌘 말:통쾌하다·위태하다"와 같은 생각의 오고감을 말함인 듯.

그러나 사람이 소유한 바 그 어느 것이 남에게서 빌린 게 아니겠는가? 군왕(君王)은 백성에게 힘을 빌려 높이 되고, 신하는 국왕에게 권세를 빌려 귀히 되며, 아들은 아버지에게, 아내는 남편에게, 비복(婢僕)은 주인에게, 그 빌리는 바가 많으나, 그것을 모두 제 소유로 생각하고 끝내 반성하지 않으니, 어찌 미혹한 일 아니겠는가?

　그렇다 잠깐 사이에 그 빌린 바를 되돌려 주게 되면 만방(萬邦)의 군왕도 필부(匹夫)가 되고 백승(百乘)[3]의 집안도 고신(孤臣)[4]이 되니, 하물며 하찮은 백성임에랴?

　일찍이 맹자가 말하기를

　"오래 빌려서 돌려주지 않으면 어찌 그것이 제 소유가 아닌 줄을 알겠는가?"

　했다. 내 이에 느낀 바 있어 「차마설(借馬說)」을 지어 그 뜻[5]을 넓혀 본다.

　　　　　　(『稼亭集』-정진권 역해: 『한국고전　수필선』, 범우사, 2005)

---

3)　전차(戰車,兵車) 100대를 가진, 높은 집안을 가리킨다. 만승(萬乘)이라고 하면 천자(天子)를 뜻한다.
4)　임금에게 버림 받은 외로운 신하.
5)　진짜 자기 소유는 없고, 모든 것은 다 빌린 것이라는 뜻.

본론

『경험의 일반화로 주제를 드러낸 고전수필』

지은이 이곡(李穀, 1298~1351)은 고려 충목왕 때의 문신, 학자. 호는 가정(稼亭). 문장에 능하고, 경학(經學, 사서오경을 연구하는 학문)의 대가로 일컬어졌다. 저서로 『가정집(稼亭集)』. 가전체(假傳體) 작품으로 「죽부인전(竹夫人傳)」이 『동문선(東文選)』에 전한다.

「借馬說」[모두가 빌린 것]은 본고에 실린 15편 고전수필 가운데 지은 연대가 고려 때 작품—「월등사 죽루죽기(月燈寺竹樓竹記)」, 「슬견설(蝨犬說)」, 「이옥설(理屋說)」, 「차마설(借馬說)」— 중의 하나다. 우리 문학사에서 대개 갑오경장(1894) 이전의 문학을 고전문학이라 한다. 고전문학은 둘로 나눠 고려 시대의 문학까지를 고대 문학, 조선 시대의 문학을 근세 문학이라 한다. 고대 문학은 원시 시대의 제의적(祭儀的) 종합 예술에서 출발하였다. 시가 문학은 신라의 향가, 고려의 장가(속요), 경기체가, 시조 등으로 전개되었다. 서사 문학은 신화, 전설, 민담 등의 설화로 전승되다가 소설의 기원을 이루었다. 이런 내용을 평자가 고등학교 현장에서 '고전문학사의 흐름'으로 가르친 바 있다.

이제 작품 분석을 보자. 「借馬說」은 고전수필이요, 한문수필로, 제목이 말하고 있는 대로 설(說)이다. 소재는 말[馬]이요, 제재는 '말을 빌려 탄 경험'이다. 이 제재에서 작가가 뽑아낸 주제는 무엇일까? '소유에 대한 성찰과 깨달음' 정도가 되겠다. 글의 구성(構成)은 2단 구성이다. 즉, 〈경험〉[말을 빌려 탈 때의 마음과 자신의 소유물일 때의 마음]과 〈경험의 일반화〉[소유와 관계된 인간 세상의 본질과 소유에 대한 집착을 버릴 것을 당부]의 2단 구성이다.

전체적인 작품의 성격은 교훈적·철학적·체험적·우의적(寓意的)이라하겠다. 짤막한 글이지만 동원된 수사법은 다양하다. 작품에 쓰인 수사법을 살펴보자.

수사(修辭)란 말을 닦는 깃, 즉 문장을 수식하여 교묘하게 표현하는 것을 의미한다. 그 방법을 수사법(修辭法), 그 종류와 법칙을 연구하는 학문을 수사학(修辭學, Rhetoric)이라고 한다. 수사법의 종류에 대해서는 이설(異說)이 많으나 비유법(比喩法), 변화법(變化法), 강조법(强調法)으로 나눈다.

비유법(比喩法)은 하나의 의미나 사물을 다른 의미나 사물에 유추(類推)하여 표현하는 수사법이다. 미인(美人)의 얼굴을 꽃에 유추하여 '꽃 같은 얼굴'이라 하고, 거칠고 거센 파도를 사람의 역정(逆情)인 분노에 유추하여 '성난 파도'라고 하는 따위다. 비유법에는 직유, 은유, 의인과 활유, 풍유, 제유, 환유, 성유(聲喩), 중의(重義), 상징(象徵) 등이 있다.

변화법(變化法)은 어순을 변화하여 단조롭고 지루한 느낌을 없애고 새로운 주의를 환기 시키는 수사법이다. 평범하고 단조로운 어순에 변화를 준다는 점에 변화법의 특징이 있다. 문법상의 일정한 성분 배열의 순서를 바꾸는 도치법(倒置法)을 비롯하여 생략·인용·반복·비약·연쇄·열거·열서(列敍)·접서(接敍) 등이 포함된다. 열서법은 시조의 경우 초·중·종장이 각각 독립된 한 센텐스로 짜여 있는 것을 말한다. 짚방석 내지 마라 낙엽엔들 못 앉으랴?/ 솔불 혀지 마라 어제 진 달 도다 온다./ 아희야 탁주산채일망정 업다 말고 내어라. 초·중·종장이 각각 종지법으로서 끝나지 않고 접속법 어미로 연결되어 전체가 한 센텐스로 되어 있는 것을 접서법(接敍法)이라 한다. 녹초청강상에 구레 벗은 말이 되야/ 때때로 머리 드러 북향ᄒᆞ야 우는 뜻을/ 석양이 재 너머 가매 님자 그려 우노라.

강조법(强調法)은 어순(語順)의 변화보다는 용어의 뜻을 강조하여 독자의 인상을 깊게 하는 수사법이다. 어감에 감탄적 요소를 부여하거나, 뜻을 점층적으로 강조하거나, 의미를 대조적으로 병치하거나, 그 밖에 여러 의미를 강조하는 여러 가지 방법을 사용한다. 강조법에는 과장, 영탄, 점층, 점강, 대조, 대구(對句), 억양, 반어, 역설, 설의, 명령, 비교, 문답, 경구, 현재법 등이 있다.(문덕수: 『신문장강화』(성문각, 1974)

　좀 긴 수사법 인용을 마치고는 옆에 쌓여 있는 부쳐온 수필집 한 권을 그냥 골라 한 편을 읽었다. 5쪽이니 좀 긴 글이었다. 수사법이 어떻게 쓰였나를 확인해 보고 싶었다. 그 긴 글 속에 직유법 '같이' 하나가 4번 쓰였을 뿐이었다. 전혀 수사법 같은 것은 생각도 없이 소재 진술에만 몰두하는 것 같았다. 차마설은 200자 원고지 5장 남짓의 글이다. 수사법이 어떻게 동원되었는지 글의 서두부터 따라가면서 살펴보자.

　처음 나타난 것이 대조법이나. 둔마(鈍馬)와 준마(駿馬)를 대조하였다. "남의 것을 빌려 하루아침의 소용에 대비하는 데도 오히려 이러하거든 하물며 참 자기 소유(所有)의 것임에랴."에는 유추적 사고가 보인다. "사람이 소유한 바 그 어느 것이 남에게서 빌린 게 아니겠는가?"에서는 소유의 본질을 설명하고, 뒷 문장에서는 열거법을 써서 상세화 하고 있다. 다음에는 맹자의 말씀을 인용하여 자기 주장의 타당성을 획득하고 있다. 마지막으로 글을 쓴 목적을 밝히면서 글을 닫는다. "내 이에 느낀 바 있어 「차마설(借馬說)」을 지어 그 뜻을 넓혀 본다."하고.

글은 쓰는 것이고 작품은 만드는 것이라 했다. 좋은 작품이 되기 위해서 수사법을 적극 활용할 일이다. 이 글은 차마(借馬) 경험을 바탕으로 소유에 구애받지 않는 삶의 자세를 제시한 수필이다. 작가는 항상심(恒常心)을 갖지 못함을 한탄하고 있다. 외물에 따라 인간 심리가 변하고 외물이 본래 자신의 것이 아님을 인지하지 못하며 자신의 소유로 착각하는 풍토를 비판하고 있다.

다음은 지은이의 시 한 수를 감상하며 평을 마치겠다. 제목은 「도중피우(道中避雨), 비를 그으며」이다.

홰나무 가려선 저 큰 집은/ 떵떵거릴 자손 위해 문도 높였지.
한세월 지나니 오는 이 없고/ 나그네나 지나다가 비를 피하네.

甲第當年蔭綠槐, 高門應爲子孫開.
年來易主無車馬, 惟有行人避雨來.

〈참고 문헌〉 ─────────────────────────────

남광우: 『古語辭典』(일조각, 1975)

문덕수: 『신문장강화』(성문각, 1974)

장덕순: 『한국수필문학사』(새문사, 1995)

정진권 역해: 『한국고전 수필선』(범우사, 2005)

정진권: 『고전산문을 읽는 즐거움』(학지사, 2002)

하성욱 외: 『고전산문의 모든 것』(꿈을 담는 틀, 2007)

─────────────────────────────

고전수필의 맥을 잇는 현대수필 작법 ─────────────────────────

5. 고전수필의 이론적 실체를 보여준
내간체 한글 기행수필

동명일기(東溟日記) – 동명월출(東溟月出) / 김의유당(金意幽堂)
동명일기(東溟日記) – 동명일출(東溟日出) / 김의유당(金意幽堂)

『(1) 동명일기東溟日記[1]』

김의유당金意幽堂

동명월출東溟月出

해 거의 져 가니 행여 월출 보기 늦을까 바삐 배를 대어 하처下處에 돌아와[2] 저녁을 바삐 먹고, 일색日色이 채 진盡치 아녀 귀경대龜景臺에 오르니 오 리五里는 하더라.

귀경대를 가마 속에서 보니 높이 아스라하여 어찌 오를꼬 하더니, 사람이 심히 다녀 길이 반반하여 어렵지 아니하니, 쌍교雙轎에 인부人夫로 오르니[3] 올라간 후는 평안해 좋고, 귀경대 앞의 바다 속에 바위 있는데 크기도 퍽하고, 형용形容 삼긴 것이 거북이 꼬리를 끼고

---

1) 동명(東溟, 東海)에서 쓴 일기. 이 일기는 『의유당관북유람일기』 속에 들어 있다. 위에 보인 것은 『동명일기東溟日記』의 일부. 이 글의 작은 제목 둘―'동명월출東溟月出'과 '동명일출東溟日出'―은 『한국고전 수필선』의 저자 정진권 교수가 붙였다.

2) 숙소에 돌아와. 하처下處는 사처(손님이 길을 가다가 묵음. 또는 묵고 있는 집). 지은이는 지금 다른 곳을 유람하다가 귀경대龜景臺의 월출月出을 보려고 급히 온 것.

3) 인부들이 오르는 쌍가마로 오르니.

엎던 듯하기 천생天生으로 삼긴 것이 공교工巧로이 조아爪牙 만든 듯하니[4] 연고로[5] 귀경대라 하는 듯 싶더라. 대상臺上에 오르니 물 형세 더욱 장壯하여 바다 너비는 어떠하던고 갓이 측량 없고,[6] 푸른 물결 치는 소리 광풍 이는 듯하고 산악이 울리는 듯하니 천하에 끔직한 장관이더라.

구월 기러기 어지러이 울고 한풍寒風이 끼치는데, 바다에 말도 같고 사람 같은 것이 물위로 다니기를 말 달리듯 하니, 날 기운(日氣)이 이미 침침하니 자세치 아니하되 또 기절奇節이 보암 직하니,[7] 일상 보던 기생들이 연성連聲하여 괴이怪異함을 부를 제[8] 내 마음에 신기神奇키 어떠하리오.[9] 혹 해구海狗라 하고 고래라 하니 모를러라.

해 쾌히 다 지고 어두운 빛이 드러나니, 달 돋을 데를 바라본즉 진애塵埃 사면으로 끼이고 모운暮雲이 창창하여 아마도 달 보기 황당荒唐하니,[10] 별러 별러 와서 내 마음 가이없기는 이르지 말고, 차섬이,[11]

---

4) 교묘하게 짐승의 발톱과 어금니를 만든듯하ㅣ.
5) 까닭으로 귀경대龜景臺의 귀龜가 곧 거북이라는 뜻.
6) 바다 너비가 어떠한지 측량할 수 없고. 넓다는 뜻.
7) 그 아주 기이(奇異, 神奇)한 것이 구경함 직하니.
8) 늘 보던 기생들이 소리를 이어 그 괴이함을 외칠 때. 늘 보던 기생들도 그 장면이 몹시 신기했던 모양.
9) 내 마음에 신기하기가 어떠하겠는가?
10) 먼지가 사면으로 끼고 저녁구름이 푸르러 아마도 월출을 본다는 것이 허망한 일이어서.
11) 차섬이, 이랑이, 보배, 매화, 춘매: 하녀 또는 기생들인 듯.

이랑이, 보배, 다 마누하님[12] 월출을 못 보시게 하였다 하고 소리하여 한하니 그 정이 또 고맙더라. 달 돋을 때 못 밎고[13] 어둡기 심하니 좌우로 초롱을 켜고, 매화梅花, 춘매春梅 하여 대상에서 '관동별곡'을[14] 시키니 소리 높고 맑아 집에 앉아 듣는 이에서[15] 신기롭더라.

물 치는 소리 강하매 청풍淸風이 슬슬瑟瑟히[16] 일어나며, 다행히 사면 연운四面煙雲이 잠깐 걷고[17] 물밑이 일시에 통랑通朗하며 게 드린 도홍桃紅빛 같은 것이,[18] 얼레빗 잔등 같은 것이 약간 비치더니 차차 내미는데, 둥근 빛 붉은 폐백반幣帛盤 한 것이[19] 길게 흥쳐올라 밭으며[20] 차차 붉은 기운이 없고 온 바다이 일시에 희어지니, 바다 푸른 빛이 희고 희여 은 같고 맑고 좋아 옥玉 같으니, 창파 만리滄波萬里에 달 비추는 장관을 어찌 능히 볼 데리오만은,[21] 사군使君이 세록지신世祿之臣으로 천은天恩이 망극하여[22] 연하여 외방外方에 작재作宰하여[23]

---

12) 마나님(지은이)

13) 달 돋을 때가 아직 못 미치고(안 되고).

14) 정철鄭澈의 강원도 기행 가사.

15) 듣는 것보다.

16) 바람 부는 소리의 의태어.

17) 잠깐 사이에 걷히고.

18) 물밑이 일시에 맑고 밝으며 거기 드리운 복사꽃 같은 빛이.

19) 폐백반幣帛盤 같은 것이. 폐백반은 폐백을 담는 그릇.

20) 아래서 위로 바짝 올라붙는 다는 뜻인 듯.

21) 이런 장관을 (내 힘으로야) 어찌 능히 볼까마는.

나라 것을 쯘히 먹고, 나는 또한 사군의 덕으로 이런 장관을 하니 도무지 어느 것이 성주聖主의 은혜 아닌 것이 있으리오.

(정진권 역해:『한국고전 수필선』, 범우사, 2005)

---

22) 남편이 대대로 나라의 녹禄을 받는 신하로 임금의 은혜가 끝없이. 사군使君은 나라의 사명을 받들고 온 사람을 친근하게 부르는 말인데 여기서는 물론 지은이의 남편.

23) 고을의 원員이 되어. 지방관이 되어.

『(2) 동명 일기(東溟日記)』

김의유당金意幽堂

동명일출東溟日出

행여 일출(日出)을 못 볼까 노심초사(勞心焦思) 하여, 새도록 자지 못하고, 가끔 영재[1] 를 불러 사공(沙工)다려 물으라 하니,

"내일은 일출을 쾌히 보시리라 한다."

하되, 마음에 미쁘지 아니하여 초조(焦燥)하더니, 먼 데 닭이 울며 연(連)하여 자초니,[2] 기생(妓生)과 비복(婢僕)을 혼동하여 "어서 일어 나라."하니, 밖에 급창(及唱)이[3] 와,

"관청 감관(官廳監官)이 다 아직 너모 일찍 하니 못 떠나시리라 한다."

하되 곧이 아니 듣고, 발발이[4] 재촉하여, 떡국을 쑤었으되 아니 먹고, 바삐 귀경대(龜京臺)에[5] 오르니 달빛이 사면에 조요(照耀)하니, 바

---

1) 의유당의 시중을 드는 사람의 이름.

2) 잦아지니[頻]. 잦아져. 날 새기를 재촉하니.

3) 옛날, 군청에 딸린 노복(奴僕)

4) 다급하게.

다이 어제밤도곤[6] 희기 더하고, 광풍(狂風)이 대작(大作)하여 사람의 뼈를 사못고[7] 물결치는 소래 산악(山嶽)이 움직이며, 별빛이 말곳말곳 하여 동편에 차례로 있어 새기는 멀었고, 자는 아이를 급히 깨와 왔기 치워 날치며 기생(妓生)과 비복(婢僕)이 다 이를 두드려 떠니, 사군(使君)이[8] 소래하여 혼동 왈,

"상(常)없이 일찌기 와 아해와 실내(室內) 다 큰 병이 나게 하였다."

하고 소래하여 걱정하니, 내 마음이 불안하여 한 소래를 못 하고, 감히 치워하는 눈치를 못 하고 죽은 듯이 앉았으되, 날이 샐 가망(可望)이 없으니 연하여 영재를 불러,

"동이 트느냐?"

물으니, 아직 멀기로 연하여 대답하고, 물 치는 소래 천지(天地) 진동(震動)하여 한풍(寒風) 끼치기 더욱 심하고, 좌우 시인(左右侍人)이 고개를 기울려 입을 가슴에 박고 치워하더니, 마이[9] 이윽한 후, 동편에 성쉬(星宿ㅣ) 드물며, 월색(月色)이 차차 열워지며[10] 홍색(紅色)이 분명히니, 소래하여 시원함을 부르고 가마 밖에 나서니, 좌우 비복(左

---

5) 함경남도 함흥에 있는 대(臺)의 이름.

6) 보다.

7) 사무치고

8) 나라 일로 외방에 있거나 나라의 사명을 받들고 온 사람을 친근하게 이르는 말.

9) 매우.

10) 엷어지며.

右婢僕)과 기생(妓生)들이 옹위(擁衛)하여 보기를 죄더니,[11] 이윽고 날이 밝으며 붉은 기운이 동편 길게 뻗쳤으니, 진홍 대단(眞紅大緞) 여러 필(疋)을 물 우희 펼친 듯, 만경창패(萬頃蒼波ㅣ) 일시(一時)에 붉어 하늘에 자옥하고, 노하는 물결 소래 더욱 장(壯)하며, 홍전(紅氈) 같은 물빛이 황홀(恍惚)하여 수색(水色)이 조요(照耀)하니, 차마 끔찍하더라.

붉은 빛이 더욱 붉으니, 마조선 사람의 낯과 옷이 다 붉더라. 물이 굽이져 치치니, 밤에 물 치는 굽이는 옥같이 희더니, 즉금(卽今) 물굽이는 붉기 홍옥(紅玉) 같하야 하늘에 닿았으니, 장관(壯觀)을 이를 것이 없더라.

붉은 기운이 퍼져 하늘과 물이 다 조요하되 해 아니 다니, 기생들이 손을 두드려 소래하여 애달와 가로되,

"이제는 해 다 돋아 저 속에 들었으니, 저 붉은 기운이 다 푸르러 구름이 되리라."

혼공하니, 낙막(落寞)하여 그저 돌아가려 하니, 사군과 숙씨(叔氏)셔,

"그렇지 아냐, 이제 보리라."

하시되, 이랑이, 차섬이 냉소(冷笑)하여 이르되,

"소인(小人)등이 이번뿐 아냐, 자로[12] 보았사오니, 어찌 모르리이까. 마누하님, 큰 병환(病患) 나실 것이니, 어서 가압사이다."

---

11) 마음 졸이더니.

12) 자주

하거늘, 가마 속에 들어앉으니 봉의 어미 악써 가로되,

"하인(下人)들이 다 하되, 이제 해 일으려[13] 하는데 어찌 기시리요. 기생 아해들은 철 모르고 스레[14] 이렁 구는다."

이랑이 박장(拍掌) 왈,

"그것들은 바히[15] 모르고 한 말이니 곧이듣지 말라."

하거늘, 돌아 사공(沙工)다려 물으라 하니,

"사공셔 오늘 일출이 유명(有名)하리란다."

하거늘, 내 도로 나서니, 차섬이, 보배는 내 가마에 드는 상 보고 몬저 가고, 계집 종 셋이 몬저 갔더라.

홍색(紅色)이 거룩하여 붉은 기운이 하늘을 뛰노더니, 이랑이 소래를 높이 하여 나를 불러,

"저기 물 밑을 보라."

외거늘, 급히 눈을 들어 보니, 물 밑 홍운(紅雲)을 헤앗고[16] 큰 실 오리 같은 줄이 붉기 더욱 기이(奇異)하며, 기운이 진홍(眞紅) 같은 것이 차차 나 손바닥 넓이 같은 것이 그믐밤에 보는 숯불 빛 같더라. 차차 나오더니 그 우흐로 적은 회로리밤 같은 것이 붉기 호박(琥珀) 구슬 같고, 맑고 통랑(通朗)하기는 호박도곤 더 곱더라.

---

13) 일어나려. 솟으려.

14) 지레. 지레짐작으로. 다 된 정도에 이르기 전에 미리.

15) 전혀. 전연.

16) '헤왈고'에서 바뀐 말. 헤치고.

그 붉은 우흐로 훌훌 움직여 도는데, 처음 났던 붉은 기운이 백지(白紙) 반장(半張) 넓이만치 반듯이 비치며, 밤 같던 기운이 해 되어 차차 커 가며, 큰 쟁반만 하여 불긋불긋 번듯번듯 뛰놀며, 적색(赤色)이 온 바다에 끼치며, 몬저 붉은 기운이 차차 가새며,[17] 해 흔들며 뛰놀기 더욱 자로 하며, 항 같고 독 같은 것이 좌우(左右)로 뛰놀며, 황홀(恍惚)히 번득여 양목(兩目)이 어즐하며, 붉은 기운이 명랑(明朗)하여 첫 홍색을 헤앗고, 천중(天中)에 쟁반 같은 것이 수랫바퀴 같하야 물속으로서 치밀어 받치듯이 올라붙으며, 항,[18] 독 같은 기운이 스러지고, 처음 붉어 겉을 비추던 것은 모여 소혀처로 드리워 물속에 풍덩 빠지는 듯싶으더라. 일색이 조요(照耀)하며 물결에 붉은 기운이 차차 가새며, 일광(日光)이 청량(清良)하니, 만고천하(萬古天下)에 그런 장관은 대두(對頭)할 데, 없을 듯하더라.

　짐작에 처음 백지 반 장만치 붉은 기운은 그 속에서 해 장차 나려고 우리어[19] 그리 붉고, 그 회호리밤 같은 것은 진짓 일색을 빠혀 내니 우리온 기운이 차차 가새며, 독 같고 항 같은 것은 일색이 모딜이[20] 고온 고로, 보는 사람의 안력(眼力)이 황홀(恍惚)하여, 도모지 헛 기운인 듯싶은지라.(『의유당관북 유람 일기(意幽堂關北遊覽日記)』)

---

17) 가시어 없어지며.

18) 항아리.

19) 내비치어.

20) 몹시.

(『고등학교 국어 1』, 편찬자 한국 교육 개발원,

저작권자 문교부, 1985년3월1일)

『 고전수필의 이론적 실체를 보여준
내간체 한글 기행수필 』

「동명일기東溟日記」의 작가는 김의유당(金意幽堂)이며, '의유당'은 당호(堂號)이다. 김의유당(金意幽堂)은 연안 김씨 김반(金盤)의 따님이자, 한산 이씨(韓山李氏) 이희찬(李熙贊)의 부인이다. 혹 작가를 '연안 김씨(延安金氏)'라고 말하기도 한다. 작가의 이름이 이렇게 직접 전면에 나타나지 않은 것은 우리 고전에서 문학적 관습이라 할 수 있다. "최근에 새로운 자료의 출현으로 영조 45년~49년(1769~1773)의 4년간에 함흥 판관(咸興判官)을 지낸 신대손(申大孫)의 아내인 의령 남씨(宜寧南氏: 1727~1823)임이 확인되었으며, 아울러 그 지어진 연대도 60년이 소급되어 영조 49년(1773)이 된다."(최강현:『한국수필문학신강』박이정, 1998. 8. 30. 재판. 62쪽)

장덕순(張德順) 교수는 의유당 김씨를 '조선조 말의 여류 문단을 장식하는 수필가이자 한국 여류수필가의 비조(鼻祖)'라고 칭한 적이 있다. 『의유당 관북 유람 일기意幽堂關北遊覽日記』는 기행문·전기·번역 등을 그 내용으로 하고 있다. 기행문으로는 「낙민루樂民樓」, 「북산루北山樓」, 「동명일기東溟日記」가 있다. 전기로는 「춘일소흥春日消興」, 번역으로는 「영명사 득월루 상량문」등이 있다.

여류 수필의 백미로 불리는 「동명일기東溟日記」의 지은 연대는 언제일까? 그것은 순조 32년(1832)이다. 그의 남편 이희찬이 함흥 판관(咸興判官)으로 부임할 때 함께 가 그곳의 명승고적을 찾아다니며 보고, 듣고, 느낀 바를 적은 순(純) 한글 여류 기행 수필이다. 앞부분 **(1) 동명월출(東溟月出)**은 동명(東溟)의 월출(月出, 달돋이)이고, 교과서에 실렸던 **(2) 동명일기(東溟日記)**는 동명일출(東溟日出, 해돋이) 부분이다.

이 글의 소재는 동명(東溟)—함흥 동쪽의 해변의 땅 이름, 동쪽 바다—에서의 '달돋이'와 '해돋이'가 되겠다. 그러면 주제는 무엇일까? 그긴 말힐 짓도 없이 월출과 일출의 상관이다. 기행문은 여행 중에 보고, 듣고, 겪은 사실(事實)과 그에 대한 감상(感想)을 여정에 따라 쓰는 글이기 때문이다.

그런데 이 작품으로는 「동명일기東溟日記」의 전체를 일목요연하게 보지 못하는 아쉬움이 있다. 여기에는 없는 서두와 결말 부분을 차례로 잠깐 함께 보자.

(서두)

"긔튝(己丑:1829)년 팔월의 낙(洛-서울)을 쪄나 구월 초성 함흥으로 오니 다 니른기롤 일월츌이 보암즉하딕…"

(결말)

"구월십칠일 가셔 십팔일 도라와 이십일일(1832년) 긔록 ᄒ노라."

위의 '결말'에서 우리는 이 기록의 정확한 연대를 알 수 있다. 서두의 '일월츌이 보암즉하딕'에서 우리는 작가의 속마음을 '그러니 꼭 한번 가 보리라'하고 읽을 수 있다. 남편이 함흥에 부임한 때가 기축년(1829)이요, 실제로 일월출을 보러 간 것은 3년 뒤(1832년)가 된다.

현대문학에서 서두의 역할은 이야기의 문을 열어서, 사건을 이끌고 앞으로 나가기도 하고, 독자를 단번에 작품 안으로 끌어들일 수 있는 흥미를 유발하면 좋다고 한다. 서두 문장 '함흥으로 오니 다 니른기롤 일월츌이 보암즉하딕…'라고 하여 앞으로 일월출을 보게 될 것을 넌지시 내비치고 있어 월출과 일출의 내용이 전개될 것을 알게 한다. 작품 말미에서 보면 "구월 십칠일 가셔 십팔일 도라와 이십일일 (1832년) 긔록ᄒ노라."라고 하여 1박2일로 월출과 일출을 보고 돌아온 지 사흘 뒤에 기록한 것으로 되어 있다. 이 사실은 우리에게 무엇을 말해주고 있는가? 이 작품, 「동명일기」는 '기억'에 의해서 썼다고 말하고 있는 것이다.

김준오 교수의 『시론』에서 보면 "기억은 상상력의 어머니로서 상상력을 작용케 하는 촉매일 뿐만 아니라 시인의 시적 환상의 이념을 구성하는 접촉 반응제"(381쪽)라고 하였다. 문예 창작은 기억의 재구성에서 시작된다. 그런데 기억은 분명치 않다. 평자의 고향집에는 지난날 디딜방아가 허청에 있었다. 반세기가 지난 오늘날, 나는 분명히 있던 것으로 기억하는데 우리 오남매의 기억은 엇갈리고 있다. 둘이는 큰집에 있었지 우리집에는 '없었다'고 말하고, 셋이서는 우리집에도 '있었다'고 말하고 있는 것이다. 이렇게 같은 사실을 두고도 시간이 지난 뒤의 기억은 다르다. 또 기억은 왜곡·변실된다는 것이 현대 뇌과학에서도 증명해주고 있다. 이러한 기억을 가지고 또 그것을 재구성한 작품은 그것이 허구가 아니고 무엇이란 말인가.

여기서 〈허구〉에 대하여 수필가들이 오해하고 있는 부분을 짚고 넘어가야 하겠다. 수필문학에서 말하는 허구는 소설의 허구와는 다르다는 사실이다. 어떻게 다른가? 소설에서는 소재에서 작품의 영감을 얻은 즉시 소재를 버리고 작품 밖에서 허구적 작품을 구상한다. 그러나 수필은 소재에서 창작 영감을 얻은 뒤에도, 그 소재를 제재로 삼아 작품 안으로 끌고 들어와서 작품 안에서 문학화하는 것이다. 달리 말하면 수필은 작품 안에서 구성 작업을 하게 된다는 말도 된다. 수필가들은 이런 과정을 거치면서도 그걸 느끼지 못한다. 그 증거는 뭔가? 글을 사건이 일어난 자연시간 순서대로 쓰고 있지 않다는 것이 그것이다.

문장의 수사법(修辭法)에는 강조법·변화법·비유법 등 크게 3가지로 나눈다는 것을 모르는 문인은 없을 것이다. 현대문학에서 창작문학의 문장은 형상적 문장이 그 대표적 형식이다. 형상적 문장의 대표적인 양식은 비유적 문장이다. 그렇다면 「동명일기」 속에서 비유적 문장을 찾아보기로 하자.

"형용形容 삼긴 것이 거북이 꼬리를 끼고 엎딘 듯하기 천생天生으로 삼긴 것이 공교工巧로이 조아爪牙 만든 듯하니 연고로 귀경대라 하는 듯싶더라." "푸른 물결치는 소리 광풍이는 듯하고 산악이 울리는 듯하니 천하에 끔직한 장관이더라." "바다에 말도 같고 사슴 같은 것이 물위로 다니기를 말 달리듯 하니" "도홍桃紅빛 같은 것이, 얼레빗 잔등 같은 것이 약간 비치더니 차차 내미는데, 둥근 빛 붉은 폐백반幣帛盤 한 것이" "바다 푸른빛이 희고 희여 은 같고 맑고 좋아 옥玉 같으니" "진홍대단眞紅大緞 여러 필疋을 물 위에 펼친 듯," "홍전紅氈 같은 물빛이" "밤에 물 치는 굽이는 옥같이 희더니 즉금卽今 물굽이는 붉기 홍옥 같아야 하늘에 닿았으니"

이렇게 '귀경대' 등에서 보는 일월출의 묘사에서 비유법의 구사도 섬세하고 적절하다. 동해의 일출은 「동명일기」로 해서 최고의 경지에 다다른 것이 아닐까. 동해 일출이 유명하게 된 것은 「동명일기」, 즉 문학의 힘인 것이다. 매일 반복되는 월출과 일출이다. 새로울 것 없는 반복에서 무의미함을 벗어나고 있다. 「동명일기」가 묘사한 달돋이나 해돋이만큼 동해 일·월출(日·月出)이 실제로 황홀할까? 동해 일월출은 이 작품으로 인해 최고의 경지에 다다른 것이 아닐까. 「동명일기」로 해서 동해 일월출은 새롭게 생명을 얻어 태어나게 된 것이다. 이것을 두고 정덕순 교수는 '극적 구조'에서 본 것이라고 하였다. '극적 구조'는 아리스토텔레스의 『시학』 제6장에 닿아 있는 개념이다. 여기서 '극적'이라는 말은 창조성을 말하는 것이다.

이태수의 시에 「멍, 멍…머엉…」이라는 시가 있다.
"… 기다리다 기다리다 고개 저으며/ 나도 네 발로 멍,

멍…머엉…”을

오규원은 이렇게 해설하고 있다. “의성 앞에 ‘나도 네 발로’라는 특정 정황을 부여하여 극적 효과를 얻고 있다” (오규원:『현대시작법』문학과지성사, 351쪽)

우리는 삶에서도 ‘극적 구조’나 ‘극적 효과’를 말하기도 한다. 문학 작품의 설명을 들어보자.

“결국 특정한 사람이 특정한 어조로 특정한 사실에 관하여 특정한 사람에게 말하는 것이 문학 작품이므로, 모든 문학 작품은 연극적인 허구이다. 현대 이론에서 문학의 연극스러움이 크게 거론되는 것은 바로 그 이유에서다.”(이상섭:『문학 비평 용어사전』(민음사, 2013, 239쪽)

『동명일기』는 내간체(內簡體) 문장으로 묘사가 사실적임을 잘 보여주는 작품이다. 이런 점을 높이 사 이병기(李秉岐) 박사는 그의『국문학개론』에서 극찬한 바 있다.

“인생과 자연의 감상을 수월수월하고 자연스럽게 나타낼

이가 그 누구인가? 순연한 우리 말글로써 그 개성을 더할 나위 없이 나타낸 이로는 의유당 김씨(意幽堂金氏) 하나라 할 수 있다"고 하면서 '고전의 해왕성(海王星)이라 했다."

현대문학 이론에서 말하는 문학이란 허구적 세계다. 허구적 세계는 상상적 세계요, 창작의 세계다. 어떤 작품이 창작 작품이냐 아니냐를 판가름하는 본질적 기준은 무엇일까? 그 하나는 '허구적 세계를 창작하고 있느냐, 아니냐'에 있는 것이다. 현대문학 이론에서 의인화는 곧 허구 창작인 것이니 이제 작품 속의 의인화 문장을 찾아보자.

**"구월 기러기 <u>어지러이</u> 울고', '닭이 울며 연하여 <u>자초니</u>',
'별빛이 <u>말곳말곳하여</u>', '<u>노하는</u> 물결 소래"**

밑줄 친 단어들은 사람의 의지적 행위에 빗댄 말들이다. '기러기가 울'되 '어지러이' 운나는 것은 기러기를 사람의 마음이 있는 것으로 보았다. 기러기는 사람과 같은 '의지'가 있을 리 없다. 마찬가지로 '닭은 자초는—잦[頻]게 하니, '잦다'('여러 차례로 거듭하다'의 뜻)+호(사역의 뜻을 가진 접미사)+니'—의지적 일을 할 수 없고, '말곳말곳하다'는 형용사로 '생기 있게 맑고 환한 모양을 나타낼 때' 쓴다. '품에 안긴 아기가 엄마를 말곳말곳하게 보고 있다'라고 쓸 수 있다. 별에게 그런 '의지'가 있을 수 없다. 마찬가지로 '물결'은 무생물로 감정이 없다. 그러므로 노하거가 즐거워할 수 없는 것이다. 물을 사람에 빗댄 창작적인 표현이다. 문학 작품이 아니면 있을 수 없는 일들이다. 그러나 독자들은 작가가 추구하는 문학적 진실로 읽는 것이다. 모두 문학적 표현, 즉 상상적·허구적 표현인 것이다.

문학은 본질적으로 상상적·허구적 세계 창작을 의미한다. 위의 밑줄 친 표현들은 일종의 의인법적 표현들이다. 즉 불완전한 의인화(오규원: 위의 책. 297쪽)인 것이다. 의인화는 사물이 문장 속에서 인간적 속성을 부여받게 된다. 인간적 속성이 주어지면 사물은 이제 인간화 되는 것이다. "의인법도 인간의 사고와 감정이나 행위를 비인간적 대상에 전이시키는 양식이므로 비유의 법주 속에 속한다." (김준오: 『시론』 193쪽)

또 "청풍(清風)이 슬슬(瑟瑟)히 일어나며"의 '슬슬(瑟瑟)히'는 의태어다. "처음 붉어 겉을 비추던 것은 모여 소혁처로 드리워 물속에 풍덩 빠지는 듯 싶으더라."의 '풍덩'은 의성어다. "성유(聲喩, onomato-poeia)는 표현하려는 대상의 소리·동작·상태·의미 등을 음성으로 모사(模寫)하는 비유다. (오규원: 위의 책. 320쪽) 일반적으로 성유라고 할 때는 의성(擬聲)과 의태(擬態)를 지칭하지만, 둘은 다소 차이가 있다. "바다이 어제밤도곤 희기 더하고"에서 '바다이'의 '이'는 'ㅎ'이 탈락한 주격형이요, '-도곤'은 '-보다'의 뜻으로 비교격 조사다. 비교격 조사를 쓴 비교법을 써서 뜻을 강조하고 있다.

앞에서 '내간체(內簡體)'란 용어를 썼는데, 우선 문학 용어로서의 그 사전적 의미를 『우리말샘』에서 보자.

> "조선 시대에, 부녀자들이 쓰던 산문 문체. 일상어를 바탕으로 말하듯이 써 내려간 것으로, 『한중록』, 『계축일기』, 『산성일기』, 『의유당일기』, 『조침문』, 『화성 일기』, 『인현왕후전』 따위가 이에 속한다."

15세기 한글이 창제된 후—세종 25년 창제 1443년, 세종 28년 반포 1446년—이를 바탕으로 한 수필사의 전개와 한글의 세련은 18세기 말에 이르러서야 비로소 그 최고봉에 올랐다 할 수 있다. 그것이 바로 의유당의 『관북유람일기』이다.

이 한글 수필 「동명일기」가 씌어진 때는 순조 32년(1832)이다. 갑오개혁(1894)이 단행되기 62년 전이다. 우리나라는 갑오개혁(1894) 이래 문학뿐만이 아니고 예술 전반이 현대문예사조에 의한 창조적인 예술 활동을 하게 되었다. 그러나 오직 수필만이 여기서 스스로 제외되어 '붓 가는 대로'라는 '隨筆'의 어의(語義) 풀이의 반문명적 어감(語感)의 말을 개념으로 삼는 글쓰기를 하여왔다. '붓 가는 대로'는 고전문학의 '방법'도 아니고, 현대문학의 '방법'에서는 더욱 말도 안 되는 잡문·메모론에 지나지 않는 것이다.

현대수필에 비하면 고전수필은 양적으로 미미하다. 앞으로 평자는 고전수필 중 먼저 중등학교 교과서에 수록된 작품을 중심으로 이처럼 평을 붙이고자 한다. 이로써 고전수필의 맥을 잇는 현대수필 작법을 도출함은 물론 '붓 가는 대로 수필'은 고전수필의 맥을 잇는 현대수필이 아님을 밝히고자 한다.

그러니까 '붓 가는 대로 수필'은 고전수필하고도 관계가 없고, 현대수필하고는 더 말도 안 되는 잡문임을 알 수 있다. ≪한국 산문의 詩 문인협회≫(당시 명칭은 ≪창작문예수필문인협회≫임)에서 '붓 가는 대로' 공개 폐기 및 '수필의 현대문학 이론화운동' 선언식(2015.1.28. 서울 뉴 국제호텔)을 가졌다. 우선 이 작품 분석에서만 봐도 종래의 수필은 고전 수필의 맥을 잇는 현대수필이 아님을 알 수 있다. 결정적인 증거는 현대문학 이론을 수필 작법에 전혀 적용하지 않고 있다는 점이다. 갑오개혁 이후 지금까지 무려 120여 년 동안이나 우리 수필의 정상적인 발전을 저해하여 온 것이 사실이다. 악화가 양화를 구축(驅逐)하는 꼴이 우리 수필계의 오늘의 현상이라 하겠다.

이 작품의 몇 단어는 장덕순 저 『한국수필문학사』(박이정, 1995)의 기록에 따라 아래와 같이 화살표(→) 뒤의 단어로 바로잡는 것이 뜻을 올바로 통하게 하는 데 더 낫지 않을까 한다.

"물 치는 소리 〈강하매→ 쟝ᄒᆞ매〉 청풍淸風이" "바다에 말도 같고 〈사람 → 사슴〉 같은 것이 물위로 다니기를 말 달리듯 하니" "폐백반幣帛盤 한 것이 길게 홍쳐올라 〈밭으며 → 브트며〉 차차 붉은 기운이 없고"

이 작품은 인문계 고등학교 1학년 국어 교과서에 (1975년 판~1981년 판)에 실렸다. 필자는 고등학교 때 배우기도 했고, 또 국어 교사가 되어서는 가르치기도 했던 작품이다. 그런데 지금 생각해 보면 배운 것도 가르친 것도 고어의 단어 익히기와 뜻풀이 위주였던 것 같다. 국문학사적 맥락은 가르치거나 전편을 찾아 살펴볼 여유도 없었다. 달랑 교과서 부분만 대학 시험 범위니 그럴 수밖에 없는 노릇이었다. 창작론에 대한 언급은 아예 없었던 것 같다. 여기서 조연현 교수의 수필에 대한 창작론의 싹을 보자. "전문화 되지 않은 학문이나 과학이라고 할 수 있는 〈창작적인 변화를 용인〉하는 일반적 산문이란 무엇인가, 이 같은 산문을 대표하고 있는 것이 수필이다."(『개고 문학 개론』 정음사, 1973. 100쪽) 이렇게 창작론이 문학 개론에 있었지만 교단에서는 누구 하나 창작론을 들고 나와 설명하는 이도 없었다. 창 작론이 있는 지조차 몰랐던 것 같다. 수필을 써내면 '창작'이 아니냐 며 작품 하나 쓴 것을 창작으로 생각하고 있는 분들이 우리 수필계에 의외로 많다. 잡문은 창작이 아니다. 창작은 소재 〈이것〉을 {저것}으 로 보았을 때 가능한 일이다. 아직도 우리나라에 창작론이 체계화되 기 전이라고 보아야 할까? 하기야 이관희 평론가의 『창작문예수필이 론서』(청어. 2007)가 발간된 것이 이제 겨우 10여 년을 넘겼으니 그 럴 수밖에 없겠다.

기행문이 그대로 수필이냐의 문제는 내용을 따져보아야 할 일이 지만 이 「동명일기」 한 편의 작법을 연구하여 따랐더라면, 우리의 기 행문은 높은 수필의 경지를 개척하였을 것으로 생각된다. 지금 수필 로 발표되고 있는 기행문 중에 이만한 작품이 있을까.

이상에서 살펴본 바와 같이 「동명일기東溟日記」는 상상적 허구적 수필작품이다. 우리 고전수필과 현대수필은 그 맥(脈)이 단절되지 않 고 〈창작론〉에서 맥맥히 이어지고 있음을 본다.

대한민국 수필쓰기는 풍부한 고전 수필론의 문학성도 이어받지 못하고, 현대문학 이론의 창작론도 받아들이지 목한 채 처음부터 〈여기의 문학〉〈서자문학〉 비난을 듣기 시작해서 현재까지도 '신변잡기' '수필도 문학이냐'는 조롱과 비난을 듣고 있다.

〈참고 문헌〉

김준오:『시론』(삼지원, 2017)

남광우:『고어사전』(일조각, 1975)

박정자:『아리스토텔레스의 시학』(인문서재, 2013)

오규원:『현대시작법』(문학과지성사, 2004)

오덕렬:『수필의 현대문학이론화』(월간문학 출판부, 2016)

이병기:『국문학전사』(신구문화사, 1981)

이상섭:『문학 비평 용어사전』(민음사, 2013)

장덕순:『한국수필문학사』(박이정, 1995)

정진권:『한국고전 수필선』(범우사, 2005)

최강현:『한국수필문학신강』(박이정, 1998)

고전수필의 맥을 잇는 현대수필 작법 ────────────────────────────

6. 기행수필의 한 전범을 보인 한글 고전수필

낙민루(樂民樓) / 의유당(意幽堂)

『낙민루(樂民樓)』

의유당

함흥 만세교[1] 와 낙민루[2]가 유명하다더니, 기축년(己丑年)[3] 팔월 염사일(念四日)[4] 낙(洛)[5]을 떠나 구월 초이틀 함흥을 오니, 만세교는 장마에 무너지고 낙민루는 서편으로 성 밖인데, 누하문 전형은 서울 흥인(興仁) 모양을 의지하였으되, 둥글고 작아 겨우 독교(獨轎)[6]가 간신히 들어가더라.

그 문을 인하여 성 밖으로 삐져나오게 누를 지었는데, 이층 대(臺)를 짓고 아득하게 쌓아올려 그 우에 누를 지었으니, 단청과 난간이 다 퇴락하였으되 경치는 정쇄하여 누 위에 올라가 서쪽을 보니 성천강이

---

1) 성천강에 놓였던 다리.
2) 만세교 옆에 있는 누각. 병화(兵火)에 무너진 것을 선조 40년인 1607년에 재건함.
3) 순조 29년인 1829년.
4) 24일. 염(念)은 스무날을 가리킴.
5) 수도. 주나라의 도읍이었던 낙양에서 온말.
6) 말 한 필이 끄는 가마. 또는 소 등에 올려놓은 가마.

그 크기가 한강만하고, 물결이 심히 맑고 조촐한데, 새로 지은 만세교 물 밖으로 높이 대여섯 자나 솟아 놓였으니, 거동이 무지개 흰 듯하고, 길이는 이르기를 이편으로서 저편까지 가기 오 리라 하되, 그럴 리는 없어 삼, 사 리는 족하여 뵈더라. 강가의 버들이 차례로 많이 서고 여염(閭閻)이 즐비하여 별결이[7] 듯하였으니, 몇 가구임을 모를러라.

누상 마루청 널을 밀고 보니 그 아래 아득한데, 사닥다리를 놓고 저리 나가는 문이 전혀 적으며 침침하여 자세히 보지 못한다. 밖으로 아득히 우러러보면 높은 누를 이층으로 무어 정자를 지었으니 마치 그림 속 절 지은 것 같더라.

(『의유당 관북 유람일기』구인환 엮음, (주)신원문화사)

---

7) 별이 총총히 박힌 듯. '결이듯'은 '짠 듯'이라는 뜻으로, 기본형은 '곁다'임.

『 기행수필의 한 전범을 보인
한글 고전수필 』

15세기에 훈민정음이 창제(1443)된 후 18세기 말에 이르러서야 한글이 세련되고 고전수필이 최고봉에 올랐다. 『의유당관북유람일기』 중의 기행수필들이 그 모습을 잘 보여주고 있다. 『의유당관북유람일기』는 『의유당집』으로도 불리며, 이 문집에는 기행문·전기·번역 등의 작품을 담고 있다. 기행문으로는 「낙민루(樂民樓)」, 「북산루(北山樓)」, 「동명일기(東溟日記)」가 있다. 전기로는 「춘일소흥(春日消興)」이 있고, 번역문으로는 「영명사 득월루 상량문」이 있다.

이번이 연재 4회째인데 다루는 작품은 「낙민루」이다. 연재 1회(『창작 에세이』 28호(2017.10.)가 「'붓 가는 대로 隨筆'은 고전수필의 맥을 잇는 현대수필이 아니다」라는 제하의 평론으로 텍스트 작품은 김의유당의 「동명일기」였다. 그 후 2회 연재가 유씨 부인의 「조침문」(31호)이었고, 「규중칠우쟁공론」(32호)이 계속되어 연재되었다.

작품 「낙민루」의 소재는 '낙민루'이다. 낙민루는 함흥 만세교 옆에 있는 누각이다. 이 소재를 통해서 길어낸 주제는 무엇일까. '낙민루의 아름다운 경관'이겠다. 그렇다면 이 「낙민루」의 구성은 어떤가. 누가 봐도 얼른 알 수 있는 '처음-중간-끝'[8]의 3단 구성이다.

[서두](함흥 만세교~간신히 들어가더라.)는 형식상 한 문장으로 되어 있으나, 내용으로 나눠 보면 5문장인 셈이다. 서두에서 보여주는 표현 기교에서 현대인이 기행문을 쓸 때 본받아야 할 점은 무엇일까. 아마 '템포의 빠름'과 '시선(視線)', 즉 시점의 방향을 따라가 보는 일이겠다. "함흥 만세교와 낙민루가 유명하다더니, 기축년(己丑年) 팔월 염사일(念四日) 낙(洛)을 떠나 구월 초이틀 함흥을 오니"를 보자. 떠나기 전의 모든 과정이 생략되어 있다. 그러니 템포가 빠를 수밖에 없다. 함흥의 만세교와 낙민루가 유명하다는 말을 듣고 서울을 떠나 함흥을 온다. 그간의 과정은 다 생략되고 서울에서 함흥 도착의 사실만 기록하고, 바로 만세교로 넘어간다. 이렇게 시선은 서울→ 함흥→ 만세교로 좁아짐을 본다.

현재도 우리 수필인들이 쓴 기행수필을 보면 며칠 전의 준비 상항

---

8) 아리스토텔레스의 「시학」제7장 참조.(박정자: 번역·해설. 79쪽 81쪽).

부터 시작된다. 당일에는 어디서 모여 몇 시에 비행기를 타고, 언제 목적지 공항에 도착하여 짐을 찾는다. 그 다음 가이드를 만나 이동하면서 일정이나 유의 사항 등을 듣게 되는데, 이런 사실을 자세하게 기록한다. 이런 이동이나 가이드의 설명을 받아쓰는 것은 문학과는 거리가 멀다는 사실을 알아야 한다. 문학은 '있는 사실 그대로' 미주알고주알 다 쓰는 게 아니기 때문이다. 생략할 것은 생략하고 특히 어떤 것에 느낌이 특별할 때 소재로 삼아 그것을 작품 속으로 가지고 들어와 생각과 느낌을 위주로 상상으로 사물과 교감하여 독자가 재미있게 읽고 감동을 받게 써야 하겠다.

서울에서 출발하기 전 많은 일화들도 있었으리라. 우리는 화자(작자)가 서울을 떠나 함흥에 도착한 사실만 기록한 것을 주목해야 하지 않을까. 그리고 바로 목적했던 만세교 이야기로 넘어갔다. "…함흥을 오니, 만세교는 장마에 무너지고…"에서 보듯 깔끔한 처리와 '템포의 경쾌'함은 이 소품의 품격을 높여 주었다. 서울을 출발하여 함흥에 오고, 바로 낙민루의 문으로 시선이 좁혀진다. 거침없고 경쾌한 템포의 전진은 "둥글고 작아 겨우 독교가 간신히 들어가는" 문에서 시선과 함께 좁아지다가 누 위에 옮겨지면서 시선은 성 주변으로 확산된다. 여정에 따른 사물과의 교감이 아니라 목적지 '낙민루'에서 사방을 보는 것이니 여기서는 '시선'이 가는 곳을 따라서 감상하는 것은 당연한 일이다.

[중간](그 문을~모를러라.)에서는 시선이 주변으로 확산된다. 이 시선의 확산 범위 내에 2층 대 위에 선 누와 성천강과 새로 지은 만세교 및 주변의 버들과 즐비한 여염집이 자리한다. 화자의 시선을 뒤따라가며 어휘의 구사를 보자. "이층 대(臺)를 짓고 아득하게 쌓아올려 그 우에 누를 지었으니" "이편으로서 저편까지 가기 오 리라 하되, 그럴 리는 없어 삼, 사 리는 족하여 뵈더라" "여염(閭閻)이 즐비하여 별결이 듯하였으니" 등에서 화자의 관찰력이 뛰어남을 본다. 기행문에는 묘사가 설명보다 많아야 하는데 섬세한 관찰력 없이는 묘사는 불가능하다.

[끝부분](누상 마루청~절 지은 것 같더라.)을 보자. 화자의 시선은 이제 누 위에서 누 밑을 향하고 아득한 깊이를 느낀다. "밖으로서 아득히 우러러 보면 높은 누를 이층으로 무어 정자를 지었으니"에서 깊이가 높이로 바뀌었나. 그리고 낙민루 전체를 한 폭의 동양화로 바꾸어 놓고 있다. 종결 문장을 보자. "밖으로 아득히 우러러 보면 높은 누를 이층으로 무어 정자를 지었으니 마치 그림 속 절 지은 것 같더라." 특히 '정자를 지었으니 마치 그림 속 절 지은 것 같더라'는 보통 문장이 아니다. '그림 속 절'도 아니고 '절 지은 것 같더라'이다. 이 소품이 가히 장인(匠人)의 솜씨라는 것을 느끼게 한다.

「낙민루」의 창작발상은 '함흥 만세교와 낙민루가 유명하다더니' 일 것이다. 소문을 듣고 한 번 가보리라 마음먹은 것이 실제로 가게 되어 글을 쓰게 된 것이다. 그런데 의유당은 성천강과 만세교만 묘사하였다. 멀리 솟아있는 산이나, 바다로 접해있는 하류의 경관을 특별히 주목하지 않으면서 '여염(閻閻)이 즐비한 것'에 눈을 준 것에도 유념해야 하겠다. 개성이 뛰어난 여류 작가의 시선이다.

이 작품에서는 어떤 것을 존재화하지는 않았다. '낙민루'라는 이미 있는 것에 대해서 형상적으로 설명하였다. 생략의 미를 살렸고, 시선 이동의 의미를 생각해 보도록 하였다. 크게 보아 리듬이다. 관찰이 섬세하고 이미 있는 것에 빗대어 쓴 창작적인 기행수필이다.

『의유당관북유람일기』의 지은이와 지은 연대는 언제쯤일까? 필사 본인 이 문집의 지은이에 대하여는 두 갈래의 견해가 있다. 이병기 교수는 작자를 연안 김씨(延安金氏)인 의유당으로 밝혔다. 그 지은 연대 대하여는, 의유당의 남편인 이희찬(李羲贊)이 함흥판관으로 임명받아 부임한 때인 순조 29년, 1829년으로 보았다.

그 뒤 이성연과 류탁일 등이 다른 문헌 자료와 여러 가지 고증 결과를 통하여 『의유당일기』의 작자는 의령 남씨(宜寧南氏)라는 다른 견해를 발표하였다. 그렇다면 신대손이 함흥판관으로 재직할 때 함께 가서 지은 것이 되는 바, 창작 연대는 영조 48년, **1772년**이 된다.(한국민족문화대백과)

장덕순 교수는 의유당[9]을 조선조 말의 여류 문단을 장식하는 수필가이자 한국 여류 수필의 비조(鼻祖)라 칭한 적이 있다. 한글의 섬세함과 그 적절성의 놀라움이 담긴 이 작품은 훈민정음 반포 후 3백여 년쯤이다.

이 작품을 연안김씨 작으로 본다면 지금부터 189년 전인 순조 29, 1829년이고, 의령 남씨 작이라 본다면 246년 전인 영조 48년 1772년이 된다. 그러니까 이 작품은 지금으로부터 246년 전이거나, 189년 전의 작품이다. 두 학설에 따른 연대 차이는 57년의 차이가 난다. 2백여 년 전, 여류 작가의 작품에서 우리 국어의 모습을 보면서 섬세한 관찰과 표현의 직질성에 놀라게 된다.

분명한 것은 두 학설 중 한 분의 작품일 텐데… 당호가 정말 같았

---

9) "최근에 새로운 자료의 출현으로 영조 45년 49년(1769~1773)의 4년간에 함흥 판관(咸興判官)을 지낸 신대손(申大孫)의 아내인 의령 남씨(宜寧南氏 1727~1823)라는 설이 있다. 의령 남씨의 작품이라면 그 지어진 연대도 60년이 소급되어 영조 49년(1773)이 된다."(최강현:『한국수필문학신강』박이정, 1998. 63쪽)

을까? 두 분 중, 한 분이 원본을 보고 다시 필사본을 만들었을 텐데…. 원본도 필사본으로 전한다니 원본 필사본을 보고 다시 필사하여 두 권의 '의유당집'이 존재케 된 것이겠다. 두 분의 생몰 연대를 정확히 파악하고 국어 표기의 미묘한 변화의 기미를 포착한다면 두 학설 중에 진본을 찾는데 실마리가 될 듯도 하다. 어떻든 국문표기는 지금과는 달랐다. 대본에 실려 있는 작품의 표기는 엮은이가 현대 국어의 모습으로 바꾼 것이기 때문이다. 그렇다면 당시의 모습은 어떤가. 여기서는 당시의 모습대로 서두 부분만 살펴보면서 논의를 계속해 보자.

함흥 만셰교[10]와 낙민뉘[11] 유명ᄒ다[12] ᄒ더니 긔튝년[13] 팔월 념[14] ᄉ일 낙을 ᄶᅥ나[15] 구월 초이일 함흥을[16] 오니[17] 만셰교ᄂᆞᆫ 댱마의 문허디고 낙민누는 서호로[18] 셩밧긘듸[19] 누하믄[20] 전형은 서울 홍인 모양을 의디하야시ᄃᆡ 둥골고 적어 계유 독교가 간신히 들어가더라.(장덕순:『한국수필문학사』1995. 박이정)

---

10) '만셰교'가 현대국어로 오면서 '만세교'로 표기한 것은 단모음화 현상이다.

11) '낙민뉘'에서 '뉘'의 'ㅣ'는 주격조사다.

12) '유명ᄒ다'의 'ㆍ'에 대해서 알아보자. 이름은 속칭 '아래 ㅏ'다. 소리 값은 'ㅏ'와 'ㅗ'의 중간음이고, 소리의 소멸은 17·8세기요 글자의 폐지는 조선어학회가 <한글맞춤법통일안>을 발표한 1933년이 된다. 이 본래의 소리 값이 아직 일부 남아 있는 지역은 제주도와 전남 일부지역이다. 믈(馬)의 발음이 표준어에서 '말'인데 반하여, 이 지역의 나이든 분들은 '몰(馬)'이라고 발음하는 것이 'ㆍ'의 음가가 남아 있는 현상이다.

여기에 보인 원본 표기 모습에서는 고문법(古文法)을 알아야 해독이 가능하다. 하나하나 살펴 공부하는 독자를 위하여 각주를 일일이 달았다.

한국 문학을 고전문학과 현대문학으로 나누어 말하는 것은 매우 일반화 되어 있는데 수필문학은 고전문학의 전통을 어떻게 이었을까? 김윤식 교수의 「한국근대문학의 흐름」에서 보면 수필은 소략한 언급

---

13) '긔튝년'은 기축년(己丑年)이다.

14) '념(念) 스일'은 24일이다. '념(念)'의 뜻에는 '생각할 념', '읽을 념' '스물 념' '대단히 짧은 시간 념' 등의 뜻이 있다.(장삼식 저:『漢韓 대사전』) 여기서는 '스물 념'의 뜻이다.

15) '떠나'에서 'ㄸ'과 같은 표기를 합용병서(異字竝書)라 한다. 병서(竝書)는 훈민정음 용어로 말하면 '골 쓰기'로 둘 이상의 글자를 옆으로 나란히 쓰는 것으로, 'ㄸ'과 같이 쓰는 각자병서(同字竝書)와 합용병서(異字竝書)의 두 가지가 있었다.

16) '함흥을 오니'에서 '을'은 '(받침 있는 체언 뒤 '가다', '오다', '떠나다' 따위의 동사들과 어울려 이동하고자 하는 곳을 나타내는 격 조사이다.(『우리말샘』)

17) ´시물에서 함흥ᄭᅡ시 9일 설렀나.

18) ⑨ '서흐로'는 '한자어 西+ㅎ+으로'로 분석된다. 이렇게 'ㅎ' 개입 체언은 옛말의 체언 중에는 격조사나 활용어미의 첫 음성에 'ㅎ'을 섞어 격변화(곡용) 또는 활용하는 것이 있어, 이를 학자에 따라 'ㅎ종성체언', 'ㅎ곡용어', 'ㅎ 토를 취하는 특수체언' 등의 이름으로 부른다.(하희주:『정통 고문교실』)

19) '성밧긴듸'는 '성(城)+밧(外)ㄱ+인듸'로 분석된다. '밧'은 '밖'의 뜻으로 'ㄱ곡용어'로 주격은 '밧기'이고 목적격은 '밧글'이 된다.

20) '누하믄'을 '누하문'으로 '믄'이 '문' 된 것은 '-'가 'ㅜ'로 변한 원순모음화 현상이다.

에 그치고 있다. 전통은 창조적으로 이어져야 하는데 전통 잇기에 고민한 흔적을 수필문학에서는 찾기가 힘들다. 우선 수필의 명칭은 언제 정착되었을까. 오창익 교수의 연구를 보자.

> "또한 『隨筆』이란 표기가 당시 월간지에서 맨 처음 선보인 것은 1924년 5월호 『開闢』誌에 실린 청운거사의 「春宵閑話」인 것으로 보여 진다.…그러나 20년대 후반기로 접어들면서 그동안 혼용되어 오던 25종의 유사 명칭들은 소멸 또는 부분 통합되어 〈수상〉, 〈만필〉, 〈감상〉, 〈수필〉 등의 4종류로 압축되었다가, 28,9년대에 가서야 사실상 〈수필〉이란 단일 명칭으로 정착하게 된다."(『수필문학의 이론과 실제』 나라. 1996. 241쪽)

이상에서 보면 〈수필〉이란 명칭이 처음 선보인 것은 1924년이고, 이후 25종의 유사 명칭이 혼용되다가 28,9년대에서야 〈수필〉이란 단일 명칭이 정착한 것이다. 전통의 계승이란 면에서 보면 수필의 장르적 명칭은 갑오경장 즈음에도 없었다는 얘기다. 이관희 평론가는 『국문학개론』서에서 말하고 있는 고전수필의 개념마저도 현대문학이론에서 말하는 에세이 개념을 그대로 채용하고 있다고 하면서 그 이유를 김기동 교수의 다음의 소론(所論)을 들고 있다.

갑오경장을 계기로 하여 서양의 자유주의 사상이 유입되는 것과 함께 서양의 문예사조가 또한 들어오기 시작하였던 것이다. 그래도 3·1운동까지는 동양문학과 서양문학을 절충한 소위 신문학(新文學)이 형성되더니, 3·1운동부터는 완전한 동양문학의 탈을 벗고, 서양의 문예사조에 입각한 본격적인 문학이 형성되기 시작했던 것이다. 이러한 시대에 들어와서 비로소 문학의 본질을 이해한 문학운동을 전개하였으며, 문학을 자기의 천직으로 또는 일생의 직업으로 인식하게 되었으니, 결코 과거와 같은 문학을 생활의 여기나 풍류로 여기지 않았던 것이다.(『문학개론』 진명문화사, 33쪽)

즉 '이러한 시대에 들어와서야 비로소 문학의 본질을 이해한 문학 운동을 전개'하게 된 데에 있는 것이라 했다. 이런 역사 속에서 현재의 우리가 안은 과제는 고전수필의 맥을 이으려는 고민의 흔적을 찾아내는 연구가 절실하다는 것이다. 갑오경장 이후 수필은 자기가 하고 있는 문학이라는 것에 대한 분명한 이론적 정체성 없이 출발하여 한 세기를 허송세월한 것이다. 이관희 평론가는 대한민국의 수필문학은 고전문학 이론에 의한 문학인가 현대문학 이론에 의한 문학인가? 이 질문에 대한 대답을 들을 수 있는 수필문학 이론이 없다고 하였다.

앞으로 수필문학의 연구 방향을 정확히 정하고 꾸준한 연구가 이어져야겠다. 국문학사에서 보면 한국 「근대시의 흐름」이나 「근대소설의 흐름」은 분명하다. 수필도 한국 「근대 수필의 흐름」을 뛰어넘어 통사적인 「한국 수필의 흐름」을 한눈에 볼 수 있는 날을 기대한다.

〈참고 문헌〉 ───────────────

김윤식:『한국현대문학사』(일지사, 1979)

구인환·구창환:『문학학개론』(삼영사, 1999)

남광우:『古語辭典』(일조각, 1975)

백철:『문학개론』(신구문화사, 1956)

오창익:『수필문학의 이론과 실제』(나라, 1996)

이관희:『창작에세이수필학 원론』(비유, 2017)

──:『창작에세이』 26호(비유, 2017)

장덕순:『한국수필문학사』(박이정, 1995)

정진권:『한국고전 수필선』(범우사, 2005)

──:『한국수필문학사』(학연사, 2010)

──:『고전산문을 읽는 즐거움』(학지사, 2002)

조동일:『한국문학통사』 4.(지식산업사, 1991)

조연현:『개고 문학개론』(정음사, 1973)

최강현.『학생을 위한 한국고선수필문학』(휴먼컬쳐아리랑, 2014)

──:『한국수필문학신강』(박이정, 1998)

하희주:『정통 고문교실』(성문각, 1969)

고전수필의 맥을 잇는 현대수필 작법 ————————————————

7. 연암 산문의 대표작
「일야구도하기(一夜九渡河記)」의 번역문

물 / 연암(燕巖) 박지원(朴趾源)

『 물 』

연암(燕巖) 박지원(朴趾源, 1737∼1805)

　강물은 두 산 사이에서 흘러나와 돌에 부딪혀, 싸우는 듯 뒤틀린다. 그 성난 물결, 노한 물줄기, 구슬픈 듯 굼실거리는 물갈래와 굽이쳐 돌며 뒤말리며 부르짖으며 고함치는, 원망(怨望)하는 듯한 여울은, 노상 장성(長城)을 뒤흔들어 쳐부술 기세(氣勢)가 있다. 전차(戰車) 만승(萬乘)과 전기(戰騎) 만 대(萬隊), 전포(戰砲) 만 가(萬架)와 전고(戰鼓) 만 좌(萬座)로써도 그 퉁탕거리며 무너져 쓰러지는 소리를 충분히 형용(形容)할 수 없을 것이다. 모래 위엔 엄청난 큰 돌이 우뚝 솟아 있고, 강 언덕엔 버드나무가 어둡고 컴컴한 가운데 서 있어서, 마치 물귀신과 하수(河水)의 귀신(鬼神)들이 서로 다투어 사람을 엄포하는 듯한데, 좌우의 이무기들이 솜씨를 시험(試驗)하여 사람을 붙들고 할퀴려고 애를 쓰는 듯하다.
　어느 누구는 이 곳이 전쟁(戰爭)터였기 때문에 강물이 그렇게 운다고 말한다. 그러나 이것은 그런 때문이 아니다. 강물 소리란, 사람이 그것을 어떻게 받아들이느냐에 따라 다른 것이다.

나의 거처(居處)는 산중(山中)에 있었는데, 바로 문앞에 큰 시내가 있었다. 해마다 여름철이 되어 큰 비가 한 번 지나가면, 시냇물이 갑자기 불어서 마냥 전차(戰車)와 기마(騎馬), 대포(大砲)와 북 소리를 듣게 되어, 그것이 이미 귀에 젖어 버렸다.

나는 옛날에, 문을 닫고 누운 채 그 소리들을 구분(區分)해 본적이 있었다. 깊은 소나무에서 나오는 바람 같은 소리, 이것은 듣는 사람이 창아(淸雅)한 까닭이며, 산이 찢어지고 언덕이 무너져 내리는 듯한 소리, 이것은 듣는 사람이 흥분(興奮)한 까닭이며, 뭇 개구리들이 다투어 우는 듯한 소리, 이것은 듣는 사람이 교만(驕慢)한 까닭이며, 수많은 축(筑)의 격한 가락인 듯한 소리, 이것은 듣는 사람이 노한 까닭이다. 그리고 우르릉꽝꽝 하는 천둥과 벼락 같은 소리는 듣는 사람이 놀란 까닭이고, 찻물이 보글보글 끓는 듯한 소리는 듣는 사람이 운치(韻致)있는 성격(性格)인 까닭이고, 거문고가 궁우(宮羽)에 맞는 듯한 소리는 듣는 사람이 슬픈 까닭이고, 종이창에 바람이 우는 듯한 소리는 듣는 사람이 의심(疑心)하고 있기 때문인 것이다. 따라서, 이러한 모든 소리는, 올바른 소리가 아니라 다만 자기 흉중(胸中)에 품고 있는 뜻대로 귀에 들리는 소리를 받아들인 것에 지나지 않는다.

그런데, 나는 어제 하룻밤 사이에 한 강(江)을 아홉 번이나 건넜다. 강은 새외(塞外)로부터 나와서 장성(長城)을 뚫고 유하(楡河), 조하(潮河),

황하(黃河), 진천(鎭川) 등의 여러 줄기와 어울려 밀운성(密雲城) 밑을 지나 백하(白河)가 되었다. 내가 어제 두 번째 배로 백하를 건넜는데, 이것은 바로 이강의 하류(下流)였다.

내가 아직 요동(遼東) 땅에 들어오지 못했을 무렵, 바야흐로 한여름의 뙤약볕 밑을 지척지척 걸었는데, 홀연(忽然)히 큰 강이 앞을 가로막아 붉은 물결이 산같이 일어나서 끝을 볼 수 없었다. 아마 천리 밖에서 폭우(暴雨)로 홍수가 났기 때문일 것이다. 물을 건널 때에는 사람들이 모두들 고개를 쳐들고 하늘을 우러러보고 있기에, 나는 그들이 모두 하늘을 향하여 묵도(默禱)를 올리고 있으려니 생각했었다.

그러나, 오랜 뒤에야 비로소 알았지만, 그 때 내 생각은 틀린 생각이었다. 물을 건너는 사람들이 탕탕(蕩蕩)히 돌아 흐르는 물을 보면, 굼실거리고 으르렁거리는 물결에 몸이 거슬러 올라가는 것 같아서 갑자기 현기(眩氣)가 일면서 물에 빠지기 쉽기 때문에, 그 얼굴을 젖힌 것은 하늘에 기도(祈禱)하는 것이 아니라, 숫제 물을 피하여 보지 않기 위함이었다. 사실, 어느 겨를에 그 잠깐 동안의 목숨을 위하여 기도할 수 있었으랴!

그건 그렇고, 그 위험(危險)이 이와 같은 데도, 이상스럽게 물이 성나 울어 대진 않았다. 배에 탄 모든 사람들은 요동의 들이 넓고 평평해서 물이 크게 성나 울어대지 않는다고 말했다. 그러나 이것은 물을 잘 알지 못하는 까닭에서 나온 오해(誤解)인 것이다. 요하(遼河)가 어찌하여 울지 않을 것인가? 그건 밤에 건너지 않았기 때문이다. 낮에는 눈으로 물을 볼 수 있으므로 그 위험한 곳을 보고 있는 눈에만 온 정신이 팔려 오히려 눈이 있는 것을 걱정해야만 할 판에, 무슨 소리가 귀에 들어온다는 말인가? 그런데, 이젠 전과는 반대로 밤중에 물을 건너니, 눈엔 위험한 광경(光景)이 보이지 않고, 오직 귀로만 위험한 느낌이 쏠려, 귀로 듣는 것이 무서워서 견딜 수 없는 것이다.

아, 나는 이제야 도(道)를 알았도다. 마음을 잠잠하게 하는 자는 귀와 눈이 누(累)가 되지 않고, 귀와 눈만을 믿는 자는 보고 듣는 것이 더욱 밝아져서 큰 병이 된다는 것을 깨달았다.

이제까지 나를 시중해 주던 마부(馬夫)가 말한테 발을 밟혔기 때문에, 그를 뒷수레에 실어 놓고, 이젠 내 손수 고삐를 붙들고 강위에 떠 안장(鞍裝) 위에 무릎을 구부리고 발을 모아 앉았는데, 한번 말에서 떨어지면 곧 물인 것이다. 거기로 떨어지는 경우에는 물로 땅을 삼고, 물로 옷을 삼고, 물로 몸을 삼고, 물로 성정(性情)을 삼을 것이리라. 이러한 마음의 판단(判斷)이 한번 내려지자, 내 귓속에선 강물소리가 마침내 그치고 말았다. 그리하여, 무려 아홉 번이나 강을 건넜는데도 두려움이 없고 태연(泰然)할 수 있어, 마치 방안의 의자 위에서 좌와(坐臥)하고 기거(起居)하는 것 같았다.

옛적에 우(禹)[1]가 강을 건너는데, 누런 용(龍)이 배를 등으로 져서

---

1) 중국 하(夏)나라의 시조라고 전하여지는 인물. 치수설화(治水說話)의 주인공임.

지극(至極)히 위험(危險)했다 한다. 그러나, 생사(生死)의 판단(判斷)이 일단 마음속에 정해지자, 용이거나 지렁이거나, 혹은 그것이 크거나 작거나 간에 아무런 관계(關係)도 될 바가 없었다 한다. 소리와 빛은 모두 외물(外物)이다. 이 외물이 항상 사람의 이목(耳目)에 누(累)가 되어 보고 듣는 기능(機能)을 마비(痲痹)시켜버린다. 그것이 이와 같은데 하물며 강물보다 훨씬 더 험하고 위태(危殆)한 인생(人生)의 길을 건너갈 적에 보고 듣는 것이야 말로 얼마나 치명적(致命的)인 병이 될 것인가?

나는 또 나의 산중으로 돌아가 앞내의 물소리를 다시 들으면서 이것을 경험(經驗)해 볼 것이려니와, 몸 가지는 데 교묘(巧妙)하고 스스로 총명(聰明)한 것을 자신(自信)하는 자에게 이를 경계(警戒)하고자 하는 것이다.

(『연암집(燕巖集)』: 한국교육개발원, 고등학교『국어』3. 1986)

연암 산문의 대표작
「일야구도하기(一夜九渡河記)」의 번역문

대본의 제목 「물」의 원제는 「일야구도하기(一夜九渡河記)」이다. 원제가 말해주고 있는 '기(記)'는 한문 문학 양식의 하나로 어떤 사건이나 경험에 대한 자초지종을 기록하는 형식의 글이다. 사실에 충실하게 기록하는 것을 기본으로 하며, 그 과정 속에서 얻은 깨달음을 통해 읽는 이에게 교훈을 전달하는 것을 목적으로 한다. 원제는 '하룻밤에 아홉 번 강을 건넌 기록'이라는 뜻이다.

대본의 출전은 『연암집(燕巖集)』으로 되어 있다. 물론 맞다. 그러나 좀 더 구체적으로 들어가보면 『연암집(燕巖集)』은 박지원의 시문집으로 아들 종간(宗侃) 등이 편집해 두었던 57권 18책의 필사본이 바탕이다. 이 『연암집(燕巖集)』 권11~15에 『열하일기』 26권이 담겨 있다. 「일야구도하기(一夜九渡河記)」는 중국 열하의 기행기인 『열하일기』의 제5장인 〈막북행정록(漠北行程錄)〉에 수록되어 있다. 막북행정록은 1870년 8월 5일부터 8월 9일까지 닷새 동안의 기록으로 연경에

연암 산문의 대표작
「일야구도하기(一夜九渡河記)」의 번역문

　대본의 제목 「물」의 원제는 「일야구도하기(一夜九渡河記)」이다. 원제가 말해주고 있는 '기(記)'는 한문 문학 양식의 하나로 어떤 사건이나 경험에 대한 자초지종을 기록하는 형식의 글이다. 사실에 충실하게 기록하는 것을 기본으로 하며, 그 과정 속에서 얻은 깨달음을 통해 읽는 이에게 교훈을 전달하는 것을 목적으로 한다. 원제는 '하룻밤에 아홉 번 강을 건넌 기록'이라는 뜻이다.

　대본의 출전은 『연암집(燕巖集)』으로 되어 있다. 물론 맞다. 그러나 좀 더 구체적으로 들여다보면 『연암집(燕巖集)』은 박지원의 시문집으로 아들 종간(宗侃) 등이 편집해 두었던 57권 18책의 필사본이 바탕이다. 이 『연암집(燕巖集)』 권11~15에 『열하일기』 26권이 담겨 있다. 「일야구도하기(一夜九渡河記)」는 중국 열하의 기행기인 『열하일기』의 제5장인 〈막북행정록(漠北行程錄)〉에 수록되어 있다. 막북행정록은 1870년 8월 5일부터 8월 9일까지 닷새 동안의 기록으로 연경에서 열하에 도달하기까지의 기록이다.

그렇다면 열하(熱河)는 어디일까? 열하는 황제의 행재소(行在所)로 연경에서 동북쪽으로 420리, 만리장성에서는 200여 리 떨어져 있다. 청이 천하를 통일한 뒤에야 정치·문화상 지명으로 '열하'라는 이름이 지어진 곳으로 행정도시 명으로는 숭덕이다. 이곳은 당시 청나라 황제의 피서지가 있던 곳이다.

사절단이 한양을 출발하여 연경에 닿아 나흘 동안 서관에서 머물렀으나 특별한 움직임이 없었다.

꿈결 속에서 여러 사람의 발걸음 소리가 마치 담장이 무너지고 집이 쓰러지는 듯 쿵쾅거리며 들렸다. 나도 모르게 벌떡 일어나 앉으니 머리가 빙빙 돌고 가슴이 두근두근 했다.

무슨 일인지 알 수 없으나 큰일이 나긴 난 모양이다. 옷을 챙겨 입을 즈음에 하인인 시대가 달려와 "지금 즉시 열하로 가야 한답니다." 라고 고한다. 사행단을 열하로 오라는 건륭 황제의 명이 내린 것이다. 박지원은 열하까지 갈 것인가, 말 것인가 고민한다.

정사가 내게 이르기를 "이번의 열하 여행은 앞서 누구도 가 보지 못한 곳이니, 만약 귀국하는 날에 '열하가 어떻더냐.'고 누가 묻는다면 어떻게 대답할 터인가? 연경이야 사람마다 모두 와서 보는 곳이고, 이번 열하 여행은 천 년에 한 번 만나는 좋은 기회이니 자네가 가지 않을 이유는 없네."라고 했다. 나는 드디어 가기로 작정하였다.

『열하일기』의 막북행정록 8월 5일 기록을 보자.

사람과 말을 점검해 보니 사람은 모두 발이 부르터서 앓고 있으며, 말은 모두 곯아서 병들었으므로 실로 기한에 맞추어 갈 희망이 없었다. 일행은 모두 마두를 두고 단지 견마잡이만 데리고 가는 판이라, 나도 부득이 장복이를 남기고 창대만 데리고 가기로 했다.

연경에 도착한 조선 사행단 일행 281명 중에서 74명만 차출해서 급히 열하로 떠난다. 박지원은 처음부터 건륭황제의 만수절(70세 생일은 8월 13일) 축하 사절의 정사인 박명원의 개인 비서 자격으로 사행단(使行團)에 합류하였다. 이때가 1780년 음력 5월에 길을 떠나 10월에 돌아오는 6개월에 걸친 대장정의 기록이 바로 『열하일기』이다. 지금부터 239년 전의 일이다. 8월 7일 기록에 이런 대목이 있다.

　내가 이렇게 깊은 밤에 물을 건너는 것은 지극히 위태로운
일이다. 그러나 나는 말을 믿고 말은 제 발을 믿고 발은 땅을
믿으니 견마 잡히지 않는 효과가 이와 같구나.

　연암은 「일야구도하기(一夜九渡河記)」에서 스스로 터득한 정신 집
중법으로 강을 건넜다. 그러나 직접 말을 몰 수밖에 없었던 것은 하인
인 장복은 연경에서 생이별하고, 마두인 창대는 백하(白河)를 건너다
말굽에 밟혀 부상을 입어 오히려 보호하는 형편이 되었다. 그리하여
창대 대신 견마잡을 하인도 없이 직접 고삐를 잡고 나섰기 때문이었
다. 8월 7일 기록을 보자.

　하룻밤에 아홉 번 강을 건너자니 마음에 느낀 바가 적지 않
기에 띠로 글을 써서 엮어두었나. 「하룻밤에 아홉 번 강을 거너
다 一夜九渡河記」가 그것이다.

　마음에 '느낀 바가 적지 않은 것'이 영감이요 작의(作意)다. 어떻
게 하룻밤에 강을 아홉 번이나 건넜을까? 그것은 강이 어찌나 험하고
구불구불하던 지 무려 아홉 번이나 건너고 나서야 겨우 물을 벗어날

수 있었던 것이다.

『열하일기』는 한문 산문이다. 당연히 「일야구도하기(一夜九渡河記)」 또한 한문 작품이다. 따라서 「물」은 번역문이다. 한문으로 된 작품을 국문학에서 어떻게 취급할 것인가는 넓은 의미의 국문학으로 볼 수도 있다는 학자들의 견해를 따랐다. 이미 지난 글에서 밝힌 바 있다.

이 작품의 배경은 홍수로 황톳빛의 큰 물결이 일어나는 요하이다. 소재(제재)는 '하룻밤 동안 아홉 번 강을 건넌 경험'이다. 소재를 작품 속으로 끌고 들어와 제재로 삼고, 거기서 주제를 도출해 내는 형식이 수필(에세이)이 아닌가. 주제는 '외물(감각)에 현혹 되지 않는 삶의 자세'라 하겠다.

대본의 끝 단락, "몸 가지는 데 교묘하고 스스로 총명(聰明)한 것을 자신(自信)하는 자에게 이를 경계(警戒)하고자 하는 것이다."라는 '기(記)'의 목적인 '깨달음을 통해 읽는 이에게 교훈'을 전달한 것이다. 곧 집필 의도가 되겠다.

작품의 갈래는 고전 한문수필로 기행문이다. 구성은 현대문학 이론의 플롯론으로 말하면 '발단-전개-위기(절정)-대단원'의 구성이다.

구성 단계별 내용은 다음과 같다.

구성 단계	부터 ~ 까지	소주제 · 여정(旅程)
발단	"강물은 두 산 사이에서 ~ 강물 소리란, 사람이 그것을 어떻게 받아들이느냐에 따라 다른 것이다."	○ 주관(마음 상태)에 따라 달라지는 물소리 ○ 여정-백하
전개	"나의 거처(居處)는 산중(山中)에 있었는데, ~ 흉중(흉중)에 품고 있는 뜻대로 귀에 들리는 소리를 받아들인 것에 지나지 않는다."	○ 산중에서 듣는 물소리 ○ 산중(산장)
위기(절정)	"그런데, 나는 어제 하룻밤 사이에 한 강(江)을 아홉 번이나 건넜다. ~ 오직 귀로만 위험한 느낌이 쏠려, 귀로 듣는 것이 무서워서 견딜 수 없는 것이다."	○ 耳目에 구애됨이 없는 자세를 통해 두려움을 극복함 (요하를 건널 때의 경험) ○ 백하(白河) · 요하(遼河)
대단원	"아, 나는 이제야 도(道)를 알았도다. ~ 이를 경계(警戒)하고자 하는 것이다."	○ 외물에 초연한 마음, 즉 도를 깨달음(세인들에 대한 경계) ○ 백하 하류

이 글이 기행문이면서 문학적 기행문이 된 것은, 지은이가 자신의 경험을 바탕으로 깨달은 삶의 이치를 제시하고, 치밀한 관찰력으로 사물의 본질을 꿰뚫어 보았으며, 석설한 예시와 고사를 통해 주장을 뒷받침하고, 설득력을 강화한 것, 아울러 묘사와 각종 수사법을 십분 구사한 것을 들 수 있다.

작품에 구사된 문장의 수사법을 찾아보자. 수사(修辭)는 단순한 의미의 미사여구(美辭麗句)를 뜻하는 것이 아니다. 대상을 더욱 진실하게 나타내고, 문장의 평범성을 벗어서 독자를 이끌어 가는 작용을 한다. 그러니까 수사는 진실을 드러내고자 하는 표현 방법이다. 대본에 쓰인 수사법을 찾아보자.

수사법		작품 속 문장	비고
비유법	의인법	"싸우는 듯 뒤틀린다"/ 그 성난 물결/ 노한 물줄기/ 구슬픈 듯/ 부르짖으며 고함치는/ 물이 크게 성나 울어대지 않는다"	인격화
	의성법	"우르릉쾅쾅"/ "보글보글"	
	의태법	"지척지척"/ "굼실거리고"	
	직유법	"싸우는 듯/ 원망(怨望)하는 듯한 여울/ 붉은 물결이 산같이 일어나서"/ 바람 같은 소리/ 산이 찢어지고 언덕이 무너져 내리는 듯한 소리/ 뭇 개구리들이 다투어 우는 듯한 소리/ 축(筑)의 격한 가락인 듯한 소리/ 우르릉쾅쾅 하는 천둥과 벼락 같은 소리/ 찻물이 보글보글 끓는 듯한 소리…/	의미의 비유
	은유법	"마냥 전차(戰車)와 기마(騎馬), 대포(大砲)와 북소리를 듣게 되어"	시냇물 소리의 은유
강조법	과장법	"전차(戰車) 만 승(萬乘)과 전기(戰騎) 만 대(萬隊), 전포(戰砲) 만 가(萬架)와 전고(戰鼓) 만 좌(萬座)" "붉은 물결이 산같이 일어나서"	강조법
	열거법	"그 성난 물결, 노한 물줄기, 구슬픈 듯 굼실거리는 물갈래와 굽이쳐 돌며 뒤말리며 부르짖으며 고함치는, 원망(怨望)하는 듯한 여울은/ 전차(戰車) 만 승(萬乘)과 전기(戰騎) 만 대(萬隊), 전포(戰砲) 만 가(萬架)와 전고(戰鼓) 만 좌(萬座)" " 바람 같은 소리/ 산이 찢어지고 언덕이 무너져 내리는 듯한 소리/ 뭇 개구리들이 다투어 우는 듯한 소리/ 축(筑)격한 가락인 듯한 소리/ 우르릉쾅쾅 하는 천둥과 벼락 같은 소리/ 찻물이 보글보글 끓는 듯한 소리…/"	강조법

수사법		작품 속 문장	비고
강조법	비교법	"전차(戰車) 만 승(萬乘)과 전기(戰騎) 만 대(萬隊), 전포(戰砲) 만 가(萬架)와 전고(戰鼓) 만 좌(萬座)로써도 그 둥탕거리며 무너져 쓰러지는 소리를 충분히 형용할 수 없을 것이다"	두 개 이상의 대상의 모양이나 성질을 비교
	점증법	"물로 땅을 삼고, 물로 옷을 삼고, 물로 몸을 삼고, 물로 성정(性情)을 삼으리라"	점증(漸增)
변화법	문답법	"요하(遼河)가 어찌하여 울지 않을 것인가? 그건 밤에 건너지 않았기 때문이다."	변화법, 평서문으로도 표현이 가능한 내용을, 표현력·설득력을 높이려고 문답형식·대화형식을 애써 꾸미는 말부림새
	설의법	"그 잠깐 동안의 목숨을 위하여 기도할 수 있었으랴!"	변화법, 자기 주장에 공감하도록 하여 연대감(連帶感)을 일으키자는 기교
	인용법	"옛적에 우(禹)가 강을 건너는데, 누런 용(龍)이 배를 등으로 져서"	

위 표에서 보는 바와 같이 분상의 수사법에는 비유법, 강조법, 변화법이 있다. 한편 수사법은 달리 말하면 원관념에 보조관념을 더해서 표현에 효과적인 의미를 주려고 하는 것이 수사법인 것이다. 비유법이란 수사법이다. 수사법이란 언어 창조다. 비유가 성립하는 근거를 마련해 주는 것은 원관념과 보조관념이 지니고 있는 차이성 속의 유사성(similarity)인 것이다.(오규원)

문학은 언어예술이다. 언어는 본질상 비유다. 비유의 세계는 상상적 세계다. 언어를 재료로 삼는 문학예술은 상상력의 세계라는 말이다. 언어(말)를 글자로 나타낸 것이 문장이다. 이리 보면 말과 글은 근본적으로 같은 것이다. 언어에는 음성언어(말)와 문자언어(문자)가 있지 않는가. 말은 음성을 통한 것이고 문장은 문자를 통한 것인 만큼, 말과 문장은 서로 다른 차이를 가지고 있다.(조연현)

수사학(修辭學, rhetoric)이란 다른 사람을 설득하고 그에게 영향을 끼치기 위한 언어기법을 연구하는 학문이다. 아리스토텔레스 이후 발달하기 시작하여 중세에는 문법·논리학과 더불어 가장 중요한 학과였다. 수사(修辭)란 언사(言辭)의 수식(修飾)이란 뜻으로 말과 글을 아름답게 꾸미는 데 그 의의가 있었다. 서양에서는 변설술(辯說術, eloquence)로 간주되어 차차 궤변(詭辯, sophism)으로까지 발전하였고, 동양에서는 시문(詩文)의 작법을 위해 연구되었다. 또한 이 수사학은 오랫동안 문장을 장식하는 수단(ornament, decoration)으로 생각되었으나, 현대에 이르러서는 정확한 전달과 설득을 위한 모든 수단을 고찰하는 기능으로 인정되고 있다. 특히 리처즈(I.A.Richards)를 중심으로 한 미국의 신비평가(新批評家, newcritics)들은 고전적 수사(修辭)의 가치를 재발견하여, 이를 현대 언어와 문학의 본질적인 기능으로 보고 있다.(한국현대문학대사전)

여기서 전류처럼 내 머리를 스쳐가는 생각은 239년 전의 박지원의 산문 「일야구도하기」 한 편만이라도 놓치지 않았더라면, 우리의 수필은 휘황찬란한 진화를 거듭했을 것이란 확신이 들었다. 이 한 편만이라도 연구·분석하고, 이론을 개발하고, 작품이 태어난 상황에 귀를 기울이고, 작가 정신을 본받았다면 얼마나 좋았을까. 여기에는 지금 우리가 얘기하고 있는 수필(에세이)의 '창작적인 변화'의 핵심을 보여주고 있다. 요하(遼河)를 건너면서 귀에 들려오는 물소리가 상황의 변화에 따라 다르다는 사실을 경험하고, 강물 소리를 통하여 감각기관과 마음의 상관관계를 설명한 것이다. 이것이 '생각 길어내기'의 핵심이 아니고 무엇인가? 사물에 대한 정확한 인식에 도달하는 방법은 외계의 영향을 배제한 순수한 이성적 판단에 의하여야 한다는 것을 통해 인식의 허실을 예리하게 지적하고 있는 것이다. 또 "사물의 입장에서 생각하고 글을 쓴다. 사물과 대화의 관계를 설정하여 실감이 나고 객관화되어……"(조성원: 조선의 꽃 『열하일기』, 해드림출판사, 2016. 409쪽) 이런 글쓰기의 방법은 무엇인가? 이것이 바로 〈창작문예수필〉(창작에세이·산문의 시)의 작법이 아닌가. 〈창작에세이〉는 어떻게 창작하는 문학인가에 대한 설명을 하고 있다. 창작문예수필이 창작하는 것은 '사물의 마음의 이야기, 즉 사물과의 교감의 상상력 세계를 창조하는 것이니 바로 그 방법을 말한 것이 된다.

의인법 문장을 살펴보자. "물이 크게 성나 울어대지 않는다" 물은 무생물이다. 어떻게 '성나 울어대겠는가?' 이렇게 표현한 것은 물을 사람에 빗댄 표현이다. '울어 댄다'는 의지적 행위다. 물에게는 의지가 없다. 화자의 의지가 물에 감정이입(感情移入) 되어 생동감을 가지게 된 것이다. 사람의 의지적 행위에 빗댄 표현이다. 이런 표현은 모두 문학적(상상적·허구적) 표현이 아닌가. 의인법(personification)은 은유의 특별한 한 종류다. 의인화는 상상력이 없으면 불가능 하다. 의인화의 세계는 본질상 상상력의 세계이기 때문이다.(문덕수)

「물」은 번역문이다. 번역도 비평문학처럼 제2의 창작이다. 그러면 이 작품의 첫 문장인 "河出兩山間 觸石鬪狼(하출양산간 촉석투랑)."이 어떻게 번역되었는가? 같은 한문(漢文) 문장을 어떻게 번역했는가, 그 번역문의 맛을 잠깐 음미해 보자.

순	출전(出典)	번역문	비고
1	텍스트:『연암집(燕巖集)』(한국교육개발원, 고등학교『국어』3. 1986)	"강물은 두 산 사이에서 흘러 나와 돌에 부딪혀, 싸우는 듯 뒤틀린다."	원문장 단위로 번역
2	정진권:『한국고전 수필선』(범우사, 2005)	"강물은 두 산 사이에서 흘러 나와 으르렁거리며 바위를 친다."	원문장 단위로 번역
3	정진권 역해:『고전산문을 읽는 즐거움』(학지사, 2002)	"강물은 두 산 사이에서 흘러 나와 사나운 짐승 으르렁거리 듯 바위를 친다."	원문장 단위로 번역

순	출전(出典)	번역문	비고
4	국어과 선생님이 뽑은 『한국고전 수필모음』 (북앤북, 2015)	"큰 강물은 두 산골짜기에서 흘러나와 바윗돌과 부딪쳐 거세게 흐른다."	원문장 단위로 번역
5	조성원: 조선의 꽃 『열하일기』 (해드림출판사, 2016)	"물이 산골짜기 틈에서 흘러나와 바위와 마주쳐 싸움이 벌어지면 놀란 파도, 성난 물결, 우는 여울, 흐느끼는 돌창이 굽이를 치면서 울부짖는 듯, 고래고래 소리를 치는 듯, 언제나 만리장성을 깨어버릴 듯한 기세니, 전차 일만 대, ..."	그 다음 문장까지 싸잡아 번역
6	고미숙 등: 『열하일기』 (북드라망, 2018)	"두 산 틈에서 나온 하수는 돌과 부딪쳐 으르렁거린다."	원문장 단위로 번역

이상 여섯 종의 책에서 뽑은 첫 문장들이다. 다섯 번째를 제하고는 모두 한문 원문장의 취지를 살려 문장 단위로 번역하였다. 5에서는 그 다음 문장까지 싸잡아 번역한 예이다.

보통 번역에는 크게 두 가지 입장이 평행선을 달리고 있다. 직역이냐 의역이냐의 문제다. 여기에 대해서는 프랑스의 유명한 번역가인 페로 다블랑쿠르의 번역에 대하여 메나주의 말에서 유래한 재미있는 표현이 있다. 곧 의역을 말하는 '부정한 미녀'와 직역을 가리키는 '정숙한 추녀'가 그것이다. 비평자는 축자적 번역을 한 '정숙한 추녀'보다는 지은이의 정신을 살린 '부정한 미녀'를 택하고 싶다.

신문학(현대문학) 초창기부터 『열하일기』에서 우리 수필의 원류를 찾았다면 지금쯤 찬란한 산문의 꽃을 피웠을 것이다. '일신수필(馹汛隨筆)'에서 '수필'의 명칭을 따오고, 「일야구도하기(一夜九渡河記)」에서 수필문학의 이론을 도출했더라면 얼마나 좋았을까? '일신수필(馹汛隨筆)'은 『열하일기』의 한 부분으로 중국의 신광녕(新廣寧)을 떠나서 산해관(山海關)에 이르는 견문과 수상을 기록—7월 15일부터 23일까지 9일 동안의 여정을 기록—한 기행문이다. 한국문협에서 잡은 '수필의 날'—7월 15일—은 여기에 근거한 것이다. '일신수필(馹汛隨筆)'은 「일야구도하기(一夜九渡河記)」처럼 작품 이름이 아니다. 9일간의 기록을 '말을 타고 가듯 빠르게 쓴 수필'이란 뜻이다. 여기에 또 한 번 수필문학 이론을 공부할 큰 기회를 놓친 것이 아닌가 하고 아깝기 그지없다.

우리 것을 버리고 아무런 관계도 없는 '메모 방식'을 일컫는 『용재수필』에서 '수필'을 찾았으니 뿌리 없는 '수필'이 되고 말았다. 여기서부터 수필은 방향을 잘못 잡고 신변잡기의 길을 걸었던 것이다. 그 동안의 '붓 가는 대로 수필'은 고전문학 하고도 현대문학 하고도 아무런 관계가 없다. 지금이라도 지난 일을 깨끗이 날려버리고, 현대문학 이론을 공부하여 수필 쓰기에 적용하는 길만이 잡문을 벗어나는 길임을 알자.

우리 고전 산문인 『열하일기』(26권의 산문)를 못 본 체 했더라도 「일야구도하기」 하나만이라도 연구하고 이론을 도출해 냈다면 지난 한 세기 동안에 우리 수필은 고전 산문의 맥을 이으며 찬란하게 꽃피 웠을 것이다.

〈참고 문헌〉 —————————————————

고미숙 · 길진숙 · 김풍기:『열하일기上 · 下』(북드라망, 2018)

구인환·구창환:『문학학개론』(삼영사, 1999)

문덕수:『오늘의 詩作法』(시문학사, 1992)

오규원:『현대시작법』(문학과 지성사, 2004)

윤모촌:『수필문학의 이해』(미리내, 1991)

이관희:『散文의 詩』33호 · 35호(비유, 2019)

———:『형상과 개념』(비유, 2010)

장하늘:『수사법 사전』(다산초당, 2009)

정진권:『한국고전 수필선』(범우사, 2005)

정진권 역해:『고전산문을 읽는 즐거움』(학지사, 2002)

조성원:『조선의 꽃-열하일기』(해드림출판사, 2016)

조연현:『개고 문학개론』(정음사, 1973)

고전수필의 맥을 잇는 현대수필 작법 ─────────────────────

8. 연암 산문의 명문장

〈야출고북구기(夜出古北口記)〉의 번역문

야출고북구기(夜出古北口記) / 연암(燕巖) 박지원(朴趾源)

『야출고북구기(夜出古北口記)』

연암(燕巖) 박지원(朴趾源, 1737~1805)

연경에서 열하로 갈 때 창평으로 길을 잡으면 서북쪽으로 해서 거용관(居庸關)으로 나오고, 밀운으로 길을 잡으면 동북쪽으로 해서 고북구로 나온다. 고북구로부터 장성을 따라 동쪽으로 산해관까지가 700리고, 서쪽으로 거용관까지가 280리다. 고북구는 거용관과 산해관의 중간에 위치한다. 험하기로는 고북구만한 요새가 없다. 이곳은 몽고가 드나드는 목구멍에 해당하므로 겹겹의 관문을 만들어 험준한 요새를 누르고 있는 것이다. 나벽(裸碧)의 ≪지유(識遺)≫에 이르기를, "연경 북쪽 800리 밖에 거용관이 있고, 거용관 동쪽 200리 밖에는 호북구(虎北口)가 있는데 호북구가 바로 고북구다"라고 했다.

당나라 초기부터 고북구라고 불러서 중원 사람들은 장성 밖을 모두 구외라 부른다. 구외는 해왕, 곧 오랑캐 추장의 본거지였다. ≪금사(金史)≫를 상고해 보면, "그 나라 말로 유알령(留斡嶺)이라고 부르는 곳이 바로 고북구다"라고 하였다. 대개 장성을 빙 둘러서 '구(口)'

라고 일컫는 데가 백여 곳을 헤아린다. 산을 따라 성을 쌓았는데, 깎아지른 듯한 골짜기와 깊은 계곡이 아가리처럼 벌리고 있다. 물에 부딪혀 구멍이라도 뚫리면 성을 쌓을 수 없기 때문에 정장(亭障)을 설치했다. 명나라 홍무 연간에 그곳을 지키기 위해 정장 1천 호를 두어 다섯 겹으로 닫아걸었다.

무령산을 따라 배를 타고 광형하를 건너 밤에 고북구를 빠져 나왔다. 때는 바야흐로 야삼경, 겹겹의 관문을 나와 장성 아래 말을 세웠다. 높이를 헤아려 보니 십여 장이나 된다. 붓과 벼루를 꺼낸 뒤 술을 부어 먹을 갈았다. 장성을 어루만지면서 벽 한 귀퉁이에 이렇게 썼다.

"건륭 45년 경자 8월 7일 야삼경, 조선의 박지원, 이곳을 지나노라."

그러고는 크게 웃으면서 말했다.

"내 한낱 서생일 뿐이로구나. 머리가 희끗희끗해져서야 비로소 장성 밖을 나가게 되다니."

옛날 몽염 장군은 "내가 임조로부터 일어나 요동에 이르기까지 성을 만여 리나 쌓았으니 종종 지맥을 끊지 않을 수 없었다"고 했는데, 지금 장성을 보니 산을 파내고 골짜기를 메웠다는 말이 사실이었다.

아, 슬프다! 여기는 예로부터 수많은 전쟁이 벌어진 곳이다. 후당(後唐)의 장종이 유수광을 잡자 별장 유광준이 고북구에서 이겼고, 거란의 태종이 산의 남쪽을 취하려고 먼저 고북구로 내려왔었다. 여진이 요나라를 멸망시킬 때 회윤이 요나라 군사를 대파한 곳도 바로 여기였으며, 연경을 취할 때 포현이 송나라 군사를 패퇴시킨 곳도 바로 여기였으며, 원나라 문종이 즉위하자 당기세가 군사를 주둔시킨 곳도 여기였으며, 산돈이 상도 군사를 추격한 곳도 여기였다.

그런가 하면, 몽고의 독견첩목아(禿堅帖木兒)가 쳐들어올 때 원나라 태자는 이 관문을 탈출하여 흥송(興松)으로 달아났다. 명나라 가정 연간(1522~1566)에 엄답이 수도 북경을 침범할 때도 모두 이 관문을 경유하였다. 성 아래는 길길이 날뛰며 싸우던 전쟁터건만 지금은 온 천하가 전쟁을 멈춘 지 오래되었다. 오히려 사방으로 산이 둘러싸여 있어 수많은 골짜기 들이 쓸쓸하고 적막하기만 했다.

때마침 상현이라 달이 고개에 드리워 떨어지려 한다. 그 빛이 싸늘하게 벼려져 마치 숫돌에 갈아놓은 칼날 같았다. 마침내 달이 고개 너머로 떨어지자, 뾰족한 두 끝을 드러내면서 갑자기 시뻘건 불처럼 변했다. 마치 횃불 두 개가 산에서 나오는 듯했다. 북두칠성의 자루 부분은 관문 안쪽으로 반쯤 꽂혔다. 벌레 소리가 사방에서 일어나고 긴 바람이 싸늘하다. 숲과 골짜기도 함께 운다. 짐승 같이 가파른 산과 귀신 같이 음산한 봉우리들은 창과 방패를 버려놓은 듯하고, 두 산 사이에서 쏟아지는 강물은 사납게 울부짖어 철갑으로 무장한 말들이 날뛰며 쇠북을 울리는 듯하다. 하늘 저편에서 학 울음소리가 대여섯 차례 들려온다. 맑게 울리는 것이 마치 피리소리가 길게 퍼지는 듯한데 더러는 이것을 거위 소리라고도 했다.

(고미숙 · 길진숙 · 김풍기:『열하일기下』,

북드라망, 181~182쪽)

연암 산문의 명문장
〈야출고북구기(夜出古北口記)〉의 번역문

　『열하일기』는 1780년 5월 25일 한양을 떠나, 같은 해 10월 27일 돌아온 장장 만 5개월 동안의 기행문이다. 26편으로 구성된 이 『열하일기』의 편명은 1편이 '도강록(渡江錄)'이요, 「야출고북구기(夜出古北口記)」가 실려 있는 제5편은 '막북행정록(漠北行程錄)'이다. '막북행정록'은 8월 5일부터 8월 9일까지 5일간의 기록으로 연경에서 열하에 도달하기까지의 체험들을 적었다. 「야출고북구기」는 글제가 말해주 듯 기(記)로 한문수필이다. 번역하면 '밤에 고북구를 나서며' 정도가 될 것이다. 잠시 성 안에서 세 겹의 관문을 나온 뒤, 말에서 내려 장성에 이름을 새기려 한다. 성 밑에서 사방을 둘러본다. 물을 얻을 수 없어 술을 부어 별빛 아래서 먹을 간다. 북쪽 관문 고북구(古北口)를 지나다 솟구치는 감회를 누를 길이 없어, 따로, 『밤에 고북구를 나서며(夜出古北口記)』를 썼다. 때는 1780년 8월 7일이니, '막북행정록(漠北行程錄)'의 삼일째 되는 날로 지금으로부터 240년 전, 연암의 나이 44세 때였다.

박지원의 호 연암(燕巖)은 '제비바위'라는 뜻으로 개성에서 30여 리 떨어진 두메산골이다. 연암이 젊은 시절 8도를 유람하던 중 친구 백동수의 안내로 발견하게 된 곳이다. 박지원은 이곳을 자신의 본거지로 삼고 자신의 호(號)로 삼았다. 연암이 이곳에 본격적으로 터를 잡게 된 것은 40대에 접어들면서였다. 1776년 정조가 즉위하자, 정조의 즉위에 결정적인 역할을 한 홍국영의 세도정치가 시작되자 벗들의 권유로 연암협으로 숨어들게 된 것이다.

동북부의 요새인 '고북구'를 통과하는 장면은 『열하일기』의 하일라이트 중의 하이라이트다. 그때의 경험을 글로 옮긴 것이 바로 '오천 년 이래 최고의 명문장'이라 일컬어지는 「야출고북구기(夜出古北口記)」이다.(고미숙)

『열하일기』는 여정을 시간의 흐름에 따라 정리하는 '편년체' 방식이다. 그러나 「야출고북구기(夜出古北口記)」는 여정과는 분리되어 독자적으로 쓰여진 '기사체'의 글이다. 전호에 연재된 「일야구도하기」도 기사체로 「야출고북구기」와 같은 날 쓴 글이다. 우리는 연암 산문의 대표작 「일야구도하기」와 연암 산문의 명문장 「야출고북구기」가 같은 체험에서 태어났다는 데 주목해야 하겠다. 연경에 도착한 사행단은 졸지에 열하로 오라는 건륭 황제의 분부를 받는다. 그리하여 밤

낮을 가리지 않고 정신없이 달려 무박 나흘 동안 먹지도 제대로 못하며 겪은 체험이 바탕이 되었다. 동서고금을 막론하고 쓰라린 체험은 명작을 낳는 고향인 모양이다. 연경까지의 기행문은 많으나 이번처럼 열하까지의 걸음은 우리나라 사람으로서는 처음이다. 8월 8일의 기록을 보자.

열하까지 오는 나흘 밤낮 동안 한 번도 눈을 붙이지 못 하였다. 그러다 보니 하인들이 가다가 발을 멈추면 모두 서서 존다.

불후의 기문(奇文) 『열하일기』에 이렇게 한문 문학 양식의 하나인 기(記) 형식을 취하여 기행문의 중간 중간에 사건이나 경험에 대한 자초지종을 기록하고 있음을 본다. '막북행정록'에만 해도 「야출고북구기」, 「일야구도하기」 말고도 「만국진공기(萬國進貢記)」가 실려 있다.

이제 연암 산문의 명문장으로 평가 받는 「야출고북구기」를 살펴보자. 우선 글의 갈래는 고전 수필로 한문수필이요, 기행수필이다. 글의 성격은 체험적, 사색적, 묘사적이다. 소재는 '고북구를 밤에 거닐어 본 체험'이 되겠다. 이 소재를 작품 속에서 제재로 삼아 거기서 주제를 이끌어내는 방식이 수필(창작에세이)의 형식이다. 제재에서 이끌어낸 주제는 무엇일까?

다시 또 한 고개를 올랐다. 초승달은 이미 졌는데, 시냇물 소리는 더욱 요란히 들려온다. 어지러운 봉우리는 음침하기 그지없어, 언덕마다 범이 튀어나올 듯 구석마다 도적이 숨어 있는 듯하다. 때로 긴 바람이 우수수 불어와 머리카락을 시원하게 쓸어준다. 솟구치는 감회를 누를 길 없어, 따로 밤에 「고북구를 나서며(夜出古北口記)」를 썼다.

인용문의 '솟구치는 감회를 누를 길 없어', 이 글을 썼으니 주제는 '고북구를 밤에 거닐며 느낀 감회'가 되지 않겠는가. 구성은 크게 본문인 「야출고북구기」와 「후지(後識)」로 되어 있다. 본문과 '후지'는 별도로 떼어서 다루어도 좋겠으므로 '후지'는 다음 장에 다루려 한다. 구성은 현대문학 이론의 플롯론의 단계인 '발단-전개, 위기·절정-대단원'으로 나누었다.

단계	부터~ 까지	소주제
발단(起)	"처음 ~ 호북구가 바로 고북구라고 했다."	○ 고북구의 위치
전개(承) 1	"당나라 초기부터 고북구라 불러서 ~ 정장 1천 호를 두어 다섯 겹으로 닫아걸었다.	○ 고북구의 내력
전개(承) 2	"무령산을 따라 배를 타고 광형하를 건너 ~ 비로소 장성 밖을 나가게 되다니."	○ 고북구를 빠져나와

단계	부터~ 까지	소주제
위기·절정 (轉) 1	옛날 몽염 장군은 "내가 임조로부터 일어나~산동이 상도 군사를 추격한 곳도 여기였다."	○ 수많은 전쟁이 벌어진 곳
위기·절정 (轉) 2	"그런가 하면, 몽고의 독견첩목아禿堅帖木兒가 쳐들어올 때 ~ 수많은 골짜기 들이 쓸쓸하고 적막하기만 했다."	○ 쓸쓸하고 적막함
대단원 (結)	"때마침 상현이라 달이 고개에 드리워 떨어지려 ~ 끝"	○ 감회

이상의 작품 분석을 종합해 보면 「夜出古北口記」는 현대 문학에세 이에 해당된다. 대단원의 서정성은 이효석의 「메밀꽃 필 무렵」을 방불케 하고 있다. 고북구(古北口)는 호북구(虎北口)라 일컬을 정도로 무서운 곳인데도 말이다. 박지원은 겹겹의 관문을 뚫고 호북구를 빠져나와 술로 먹을 갈아, 장성을 어루만지면서 벽 한 귀퉁이에 이렇게 썼다.

   건륭 45년 경자 8월 7일 야삼경, 조선의 박지원, 이곳을 지나노라.

『열하일기』는 당시 우리나라 선비들 사이에 선풍과 같은 찬반양론을 불러 일으켰다. 썩은 옛 것에 염증을 느끼며, 새것을 원하던 신진들은 지대한 감격으로 이를 환영했다. 그러나 대다수 완고한 학자들에게는 지대한 물의의 대상이 되었다. 위의 인용문의 '건륭 45년'이 빌미가 되어 반대파들은 '노호지고(虜號之藁)'라 공격했다. '되놈의 연호를 사용한 원고'라는 뜻이다. 당시에는 조선 국왕도 청나라에 바치는 '표문(表文)'에 건륭을 썼던 것이다.

어쨌든 천고의 기문이요, 세계 최고의 여행기로 평가 받는 『열하일기』가, 그 당시 말썽도 많았으며, 하마터면 불에 타 전해지지 못할 위기도 맞았었다. 이런 '아찔한 순간'들이 이뿐이겠는가?

삼종 형 박명원이 건륭제의 만수절(70세 생일) 축하 사절로 가게 되면서 개인 수행비서 자격으로 연암을 동반하기로 한 것이다. 이 선택이 없었다면 『열하일기』는 없다. 우여곡절을 겪으며 한양을 출발하여 연경에 도착 했을 때, 피곤이 채 가시지도 않았는데, 열하로 오라는 황제의 분부를 받았다. 갈까 말까 망설이고 있는데 정사가 이렇게 충고한다.

"자네가 만 리 길을 마다 않고 여기까지 온 건 천하를 널리 구경하고자 함이거늘, 대체 뭘 망설이는가. 만일 돌아간 뒤에 친구들이 열하가 어떻던가 하고 물어오면 뭐라 대답할 텐가. 게다가 열하는 누구도 가보지 않은 길인데, 이 천재일우의 기회를 그냥 놓칠 셈인가."

이 충고를 받아들이지 않았다면 『열하일기』는 또한 없다. 충고를 받아들였어도 열하까지 잠을 자지 않고도 갈 수 있는 연암의 체력이 고맙기 그지없다. 또 문체반정 때 사라졌다면 『열하일기』는 없었을 것 아닌가.

우리나라는 갑오경장(1894)을 계기로 오랜 봉건 시대를 마감하고 근대시민 사회로 전환하게 되었다. 문학예술도 고전문학 시대에서 서구 현대문예사조에 의한 창조적 예술 활동을 새롭게 시작하게 되었다. 이를 현대미술, 현대음악, 현대무용 등의 이름으로 부르고, 문학도 「현대문학」이라는 이름으로 부른다.(이관희)

그런데 우리에게는 고전수필의 맥을 잇는 현대 수필론이 없다. 선배 수필을 했던 분들이 『용재수필(容齋隨筆)』의 '隨筆'을 '붓 가는 대로'라 하여 수필론쯤으로 말하였다. 그래서 지난 한 세기 이상 수필 발전을 저해하고 말았다. 『용재수필(容齋隨筆)』은 중국 남송 때 사람인 홍매(洪邁, 1123~1202)의 저서명이다. 그 서문을 보자.

나는 게으른 탓으로 책을 많이 읽지 못했으나, 그때그때

혹 뜻한 바가 있으면 앞뒤의 차례를 가려 챙길 것도 없이 바로 바로 메모하여 놓은 것이기 때문에 '수필'이라는 명칭을 붙이게 되었다.(予習懶, 讀書不多, 意志所之, 隋卽紀錄, 因其後先, 無復詮次, 故目之曰隨筆)·최승범: 『수필문학』(형설출판사, 1975. 15~16쪽)

인용문의 '앞뒤의 차례를 가려 챙길 것도 없이 바로바로 메모하여 놓은 것이기 때문에 '수필'이라는 명칭을 붙이게 되었다'의 어디에 수필론이 있기나 하는가. '수필'이라는 말만 따왔어야 했다. 아니 그것도 『열하일기』의 「일신수필(馹汛隨筆)」에서 따왔어야 하지 않았을까?

이런 아픔 속에서도 우리 수필(에세이)은 자생적 진화 과정을 거쳐 『산문의 詩(창작문예수필·창작에세이)』에까지 이르렀다. '산문(에세이)의 창작적 변화' 현상은 찰스 램의 「꿈속의 아이들」에서 시작되었다. 이를 두고 백철 교수는 순문학적 수필(에세이)이라 했다. 조연현 교수는 '수필(에세이)'은 창작적 변화를 용인하는 일반 산문의 대표적 양식이라 했다. 또 공정호 교수는 '20세기에 들어와 informal 에세이는 서정시를 방불케 진화했다'고 진단했다. 윤오영 수필가는 '찰스 램의 등장으로 수필도 문학 장르의 하나로' 되었다고 보았다. 하루빨리 〈산문(에세이)〉의 창작적 진화 현상을 종합 정리한 연구물이 나오기를 희망한다.

우리 시단에서 〈산문의 시〉를 찾아보면, 한용운의 「님의 침묵」이나 서정주 시집 『질마재 神話』의 제1부에 실린 36편이 그 본보기다. 『산문의 詩』의 구체적 내용은 별도로 소개하기로 한다.

〈참고 문헌〉

고미숙 · 길진숙 · 김풍기:『열하일기上 · 下』(북드라망, 2018)

문덕수:『오늘의 詩作法』(시문학사, 1992)

문정 외20인:『나에게서 섬 냄새가 난다』(비유, 2019)

서정주:『질마재 神話』(일지사, 1978)

이관희:『散文의 詩』33호 · 35호(비유, 2019)

─────:『형상과 개념』(비유, 2010)

장덕순:『한국수필문학사』(박이정, 1995)

정진권:『한국고전 수필선』(범우사, 2005)

조성원:『조선의 꽃-열하일기』(해드림출판사, 2016)

조연현:『개고 문학개론』(정음사, 1973)

한국고전연구회:『연암 박지원과 열하일기』(지하철 문고, 1980)

한용운:『님의 침묵』(왕문사, 1979)

고전수필의 맥을 잇는 현대수필 작법 ─────────────────

9. 연암 산문의 명문장
〈야출고북구기(夜出古北口記) 후지(後識)〉의 번역문

야출고북구기(夜出古北口記) 후지(後識) / 연암(燕巖) 박지원(朴趾源)

『야출고북구기(夜出古北口記) 후지(後識)』

연암(燕巖) 박지원(朴趾源, 1737~1805)

　　우리나라 선비들은 태어나서 늙고 병들어 죽을 때까지 조선 땅을 벗어나지 못하는 신세다. 근래 선배 중에 오직 노가재 김창업과 나의 벗 담헌 홍대용만이 연경 땅을 밟았다. 전국시대 일곱 나라 중 연나라가 바로 여기이며, 우공禹公의 구주九州 가운데 기冀가 바로 여기다. 천하의 관점에서 보자면 한 귀퉁이의 땅에 불과하지만 원·명으로부터 지금의 청에 이르기까지 천하를 통일한 천자들의 도읍지가 바로 여기였다. 말하자면 옛날의 장안이나 낙양과 같은 곳이다.

　　소철蘇轍은 중국 선비지만 경사京師에 와서 천자의 장엄한 궁궐과 창름·부고, 성지·원유 등이 광대한 것을 보고 나서야 비로소 천하가 크고 화려하다는 것을 알게 되었다며 크게 다행으로 여겼다. 하물며 우리 동쪽 선비로서야 그 크고 화려한 것을 한 번 보았을 때 얼마나 다행스럽게 여겼겠는가. 내가 이번 여행을 더욱 다행스럽게 여기는 점은 만리장성 밖으로 나와서 북쪽 변방에 이른 것이니, 이는 선배들도 일찍이 경험하지 못했던 일이다. 하지만 깊은 밤에 소경처럼 걷고 꿈결처럼 지나다 보니 아쉽게도 산천의 형세와 관방關防)의 웅혼하고 기이한 바를 제대로 다 보질 못했다.

때마침 어슴푸레한 달빛이 비스듬히 비추고 있었다. 관내의 양쪽 벼랑은 깎아지른 듯 백 길 높이로 우뚝 섰고, 길은 그 사이에 있었다. 나는 어려서부터 담이 작고 겁이 많아 대낮에도 홀로 빈방에 들어가거나 밤에 침침한 등불을 만나면 언제나 머리털이 쭈뼛하고 심장이 쿵쿵 뛰곤 했다. 올해 내 나이 마흔네 살이지만 무서움을 타는 성정은 어릴 때와 같다. 지금 깊은 밤에 홀로 만리장성 아래 서 있으니, 달은 떨어지고 강물은 울며 바람은 처량하고 반딧불은 허공을 날아다닌다. 마주치는 모든 경계마다 놀랍고 신기하며 기이하기 짝이 없다. 그럼에도 홀연 두려운 마음이 없어지고 특이한 흥취가 왕성하게 일어나 공산公山의 초병草兵이나 북평北平의 호석虎石도 나를 놀라게 하지 못할 정도다. 이점, 내 스스로 더더욱 다행스럽게 여기는 바이다.

다만 한스러운 것은 붓이 가늘고 먹이 말라 글자를 서까래만큼 크게 쓰지도 못하는데다, 시를 지어 장성의 고사도 만들어 내지 못했다는 점이다. 조선으로 돌아가면 고을에서 다투어 몰려와 술을 주고받으며 열하에 대해 물을 것이다. 그러면 이 기록을 꺼내놓고 머리를 맞대고 한 번 읽으면서 책상을 치며 이렇게 외쳐 보리라.

"기이하구나! 참으로 기이하구나!"

(고미숙 외 엮고 옮김: 『열하일기下』, 개정신판 8쇄,

2018. 182~183쪽)

연암 산문의 명문장
〈야출고북구기(夜出古北口記) 후지(後識)〉의 번역문

이번 글은 「야출고북구기(夜出古北口記)」의 후지(後識)이다. '후지'는 「야출고북구기」에 '붙여 쓰다'(허경진)로 번역한 분도 있고, '덧달기'(고미숙)로 번역하기도 했다. 한자 '識'자의 음훈이 지식(知識)의 뜻으로 쓰일 때는 '알 식'이고, 여기서와 같이 쓰일 때는 '기록할 지'이다. '저자 ○○○ 識(지)'라고 썼을 때는 '글을 쓰고 나서 아무개가 적음'의 뜻으로 쓰는 말이다. 후지(後識)는 직역하면 '(「야출고북구기」)'의 '뒤에 기록하다'나 '뒤에 적는다' 정도의 뜻이겠다.

우리가 보아 온 것으로는 「기미 독립 선언서」 = '선언서(宣言書)' + '公約三章(공약 삼 장)'으로 되어 있고, 한용운의 시, 「님의 침묵」 = 「군말」 + 「님의 침묵」의 형식으로 되어 있다. 여기서도 후지(後識)의 성격이 있는 것을 발견할 수 있지 않는가? 박기석의 『박지원 문학 연구』에서 한 구절을 보자.

성현경의 언급을 보면, 지금까지 「虎叱」 원작자에 대한 기존설을 개관하고, 「虎叱」의 이른바 '前識'와 '後識'의 수사법을 구조분석과 곁들여 유기적으로 구명하여, 박지원이 원작자임을 밝히고, 박지원은 "諷刺家이기 이전의 하나의 아이러니스트였다." 라고 말했다.(박기석: 『박지원 문학 연구』 三知院, 1984, 18쪽)

여기서 보면 '전지(前識)'와 '후지(後識)'는 수사법의 하나로 등장했음을 알 수 있다. 앞의 글에서 다루었던 전지(前識)격인 「야출고북구기(夜出古北口記)」는 200자 원고지 10.5장 분량이었다. 이번에 다루는 그 후지(後識)는 6.5장이다. 여기서 우리는 후지도 별도의 한 편의 작품임을 알 수 있다.

그렇더라도 '후지'를 쓰게 된 인간적인 어떤 이유는 있을 것 같지 않은가. 당시 연암의 심정을 헤아려 볼 필요가 있겠다. 연경에서 갑자기 '열하'까지 가게 되면서 고북구와 이어진 만리장성의 한 고개를 넘어서 느낀 감회를 누를 길 없어 「밤에 고북구를 나서며」를 썼다고 했다. 다시 고북구의 골짜기에서 서서 생각에 잠기게 된다. 전쟁의 원혼, 스러져간 무명전사들, 달빛 스러진 야삼경, 숲과 골짜기, 절벽과 봉우리들, 벌레 소리, 강물소리…. 이런 밤의 분위기와 연암은 교감을 나누었을 것이다.

창작 문학이란 상상력의 세계를 만들어내는 일이다. 시는 창조적 언어(시어)의 상상력 세계를 만들어 내고, 소설은 허구적 이야기(인물)의 상상력 세계를 만들어 낸다. 창작문예수필은 시어도, 허구적 이야기도 아닌 '사물의 마음의 이야기, 즉 사물과의 교감의 상상력 세계를 창작하는 문학이다.(이관희: 『형상과 개념』 222쪽)

당대의 최고 문장가인 연암이 생애의 특이한 체험에서 왜 특별한 느낌이 없었겠는가? '사물의 마음의 이야기' 즉 '사물과의 교감의 상상력 세계'의 보따리를 풀었을 것이다. 「야출고북구기」를 이미 썼으나, 아직 보따리 속의 감흥은 남아 있었을 테니까. 다시 후지(後識)를 썼으니, 연암의 마음의 행적이 아니겠는가. 고금을 통해서 사람의 인정은 변하지 않는 데가 있다. 240년 전 한문으로 쓴 기행 수필이지만, 우리 민족성이 저류(低流)에 흐르고 있었을 것 아닌가. 그 저류에 흐르는 민족의 성정이 현대의 우리 수필에 이어진 어떤 기미(機微)는 없는가? 다시 연암의 문장에 대한 언급을 보자.

우리나라에서는 연암 박지원의 文章에 와서 우리나라의 독특한 수필적 경향을 농후하게 풍기고 있습니다. 이러한 문학 형태를 빌려서 現代思想을 추구 수용하고 새로운 문학을 모

색해 보려는 것이 현대 수필의 움직임이라고 봅니다.(윤오영:
『수필문학입문』관동출판사, 207쪽)

예문은 연암의 문장과 현대수필이 이어지고 있을 거라는 희망을
갖게 한다. 예문에서 우리는 '연암의 文章에 와서 수필적 경향을 농후
하게 풍기'고 있다는 것을 주목하자. 그리고 연암의 문학 형태를 빌려
서 現代思想을 추구, 수용하여 새로운 문학을 모색하려는 것이 현대
수필의 움직임이라고 본 것에 눈을 크게 뜨자. 이것은 '전통을 창조적
으로 계승'해 보려는 노력이 아니고 무엇이겠는가?

『열하일기』는 1780년 5월 25일 한양을 떠나, 같은 해 10월 27일
돌아올 때까지 만 5개월 동안의 기행문이라고 밝힌 바 있다. 총 26편
으로 구성된 『열하일기』의 편명은 다음과 같다.

순	편 명	비고	순	편 명	비고
1	渡江錄(도강록)		14	黃敎問答(황교문답)	
2	盛京雜識(성경잡지)		15	避暑錄(피서록)	
3	馹汛隨筆(일신수필)		16	楊梅詩話(양매시화)	
4	關內程史(관내정사)	소설(1) 虎叱	17	銅蘭涉筆(동란섭필)	
5	漠北行程錄(막북행정록)		18	玉匣夜話(옥갑야화)	소설(2) 許生傳
6	太學留館錄(태학유관록)		19	行在雜錄(행재잡록)	

순	편 명	비고	순	편 명	비고
7	還燕道中錄(환연도중록)		20	金蓼少抄(금료소초)	
8	傾蓋錄(경개록)		21	幻戲記(환희기)	
9	審勢編(심세편)		22	山莊雜記(산장잡기)	
10	忘羊錄(망양록)		23	口外異聞(구외이문)	
11	鵠汀筆譚(혹정필담)		24	黃圖紀略(황도기략)	
12	札什倫布(찰십륜포)		25	謁聖退述(알성퇴술)	
13	班禪始末(반선시말)		26	盎葉記(앙엽기)	소설(3) 兩班傳

『열하일기』를 수필이 아닌 듯 수필문학으로 보면서, 26편은 하나
의 거대한 오케스트라를 방불케 한다고 평가한 분이 있다.

수많은 일화, 실학의 사상, 뛰어난 문장, 정확한 관찰력, 조리
정연한 논리, 우언과 미묘한 이치, 은유와 풍자가 온통 어울려서
는 제각기 소리를 내면서도 거대한 협주곡을 이루는 그러한 오
케스트라인 것이다. 바로 이것이 수필이 아닌 것 같으면서도 수
필문학사상 유래를 찾아볼 수 없는 거대한 봉우리를 이룬 수필
인 소이연이다.(장덕순:『한국수필문학사』박이정, 1995, 233쪽)

「야출고북구기(夜出古北口記) 후지(後識)」는 제5편의 막북행정록
(漠北行程錄)에 수록되어 있다. 이 기록은 8월 5일부터 8월 9일까지

5일간의 기록으로 연경에서 열하에 도달하기까지의 체험들을 적었다. 그러니까 「야출고북구기 후지」는 「야출고북구기」와 「일야구도하기」와 같이 3일째 되는 날에 쓴 것이다. 240년 전, 연암의 나이 44세 때였다. 이 작품들은 글제가 말해주듯 이 기(記)로 한문수필이다. 모두 '편년체' 방식이 아닌 '기사체'의 글들이다.

「야출고북구기 후지」도 앞의 두 편의 갈래와 같이 고전 수필로 한문수필이요, 기행수필이다. 글의 성격 또한 체험적, 사색적, 묘사적이다. 소재는 고북구를 밤에 거닐어 본 체험이 되겠다. 소재에서 이끌어낸 주제는 '고북구를 밤에 거닐며 느낀 감회'이다. 구성은 현대문학 이론의 플롯론의 단계인 '발단-전개-위기·절정-대단원'으로 나누어 본다.

단 계	부터~ 까지	소주제
발단(起)	"처음 ~ 옛날의 장안이나 낙양과 같은 곳이다."	○ 연경의 소개
전개(承)	"소철(蘇轍)은 중국 선비지만 ~ 산천의 형세와 관방(關防)의 웅혼하고 기이한 바를 제대로 다 보지 못했다."	○ 고북구를 본 감회
위기·절정 (轉)	"때마침 어슴푸레한 달빛이 ~ 이점, 내 스스로 더더욱 다행스럽게 여기는 바이다."	○ 고북구의 밤 정경에서 특이한 흥취가 왕성하게 읾.
대단원 (結)	"다만 한스러운 것은 ~ 끝(기이하구나! 참으로 기이하구나!"	○ 한스러운 점.

이상의 작품 분석을 종합해 보면 「夜出古北口記 後識」는 현대의 수필문학적 요소가 다분한 기행수필이라 하겠다. 이 작품은 기행문인데도 여정에 따라 논하지 않았다. 작가가 보고 겪은 것을 다 다루지도 않았다. 열하일기의 독특함 때문이다. 그 독특함이란 과학과 문학의 혼용이다. 이 과학과 문학의 결합이 바로『열하일기』의 문체, 즉 연암체(燕巖體)를 성립시켰다.

연암 문장론의 핵심은 法古而知變, 創新而能典이라는 데 있다. 옛 법을 체득하되 변화시킬 줄을 알아야 하고, 새 것을 창조하되 전아해야 한다는 것이다.(윤오영:『고독의 반추』「연암의 문장」, 관동출판사, 277쪽) 또 박기석은 "그는 분명히 法古에 사로잡혀, 문학의 새로운 경지에 가서 개혁 창신의 개척을 이루지 못했다"고 하였다. 이로 보면 연암의 문학관에 대한 윤오영과 박기석 두 분의 논지가 일치한다.

박지원의 문학관을 여러 연구들을 종합해 보면, 법고창신(法古剏新), 독창성, 사실성(寫實性) 문장조직방법, 日常語에 대한 관심, 성색정경(聲色情境) 등이 언급되었다.(박기석: 同上, 25쪽)

박지원은 고문을 본받되 현실에 맞도록 창조적으로 수용하여 써야 한다는 이른바 '善變'의 문학을 제시했다. 선변이란 말로 다하지 못한 것, 글로 다 쓰지 못한 것을 찾아내어 시의(時宜)에 따라 적절하게 운용하는 것으로 파악할 수 있다. 연암은 과거의 古文을 현실적으로 변용하고, 현실의 문제를 담아 창조적으로 계승 발전시킨 문장을 고문으로 이해한 것이다. 여기에 연암 문장의 한계가 있었던 것이다. 윤오영 선생의 다음 문장은 그것을 뒷받침하고 있음 본다.

> 소위 그의 法古라는 관념이 드디어 그로 하여금 완전히 舊殼에서 탈피하여 小品文의 자유로운 경지를 열지 못하게 했다. 거기에 그의 創新의 한계선이 그어져 있었다. 열하일기를 문학 작품으로 다룬다면 어떻게 평가할 것인지 간단하지가 않다. 소위 동양에서 말하는 文章이란 것이 문학적 성격에서 어떻게 다루어야 할 것이냐 하는 것도 간단한 문제가 아니다.(윤오영: 『고독의 反芻』 중 「연암의 문장」 274쪽)

윤오영 선생은 연암 문장이 창신(創新)하는데 실패했음을 애석해하고 있다. 그의 文章에 대한 이론은 진부한 재래의 문장을 반대하고 현대에 맞는 현대적인 寫實的인 문장과 개성이 있는 독자적인 창작을 주창한 점을 인정했다. 그러나 어디까지나 문장 표현에 관한 주창에 그치고 문학론(文學論)에까지 파고들지는 못했다고 평가했다.

「中國의 동진두(東盡頭) 책문(柵門)에 이르러 그 번성(繁盛)한 것을 보고 여기가 이러할 때야 더 가면 얼마나 굉장할 것인가. 기가 질리고 낯이 훳훳하여 되돌아가고 말까」「아니다. 내 평생에 질투가 없더니, 타국에 와서 만분의 일도 못 보고 질투를 느끼다니, 본 것이 적은 탓이구나. 如來의 혜안(慧眼)으로 시방 세계(十方世界)를 보면 만사가 평등이 아닌가」「장복아, 너 이담에 中國에서 태어나고 싶으냐?」「중국은 되놈의 나라라 살고 싶지 않소」「장님이 어깨에 금낭(錦囊)을 메고 손으로 월금(月琴)을 타며 온다.」「내 깨달았노니 저것이 평등안(平等眼)이 아닌가.」(윤오영:『수필문학입문』 관동출판사, 178쪽)

위는 『수필문학입문』에서 '수필의 수법'을 말하면서 연암의 『열하일기』 중의 도강록 일절을 인용한 대목이다. 중국의 동진두 책문(柵門)에 이르러 그 번성한 것을 보고 쓴 대문이다. 연암 문장에 남다른 애정을 가진 윤오영 선생은 다음과 같이 평했다.

한 마디 한 마디가 얼마나 청신(淸新)하고 기발(奇拔)한 문장입니까. 내가 우리나라 수필적 수법을 말할 때 연암(燕巖)을 드는 이유가 여기 있습니다."(上同, 213쪽)

나는 여기서 우리 고전수필에서 현대수필에 이어지는 맥락이 '수필의 수법(手法)'에 묻어 있음을 배운다. 또 연암의 문장에 대하여 언급한 대문을 보자.

　　우리나라에서는 연암 박지원의 文章에 와서 우리나라의 독특한 수필적 경향을 농후하게 풍기고 있습니다. 이러한 문학 형태를 빌려서 현대사상을 추구, 수용하고 새로운 문학을 모색해 보려는 것이 현대 수필문학의 움직임이라고 봅니다.(上同, 206쪽)

　인용문에서 주목할 대목은 '연암의 문장은 수필적 요소가 농후하게 풍긴다.'와 '현대수필은 이런 요소를 받아들여 새로운 문학을 모색해보려는 것이 현대수필문학의 움직임'이라 보는 대목이다. 연암의 문장과 현대 수필이 연결고리를 만들려 모색 중이라는 뜻이다. 이런 움직임은 '고전수필과 현대수필의 연계 문제'에 대한 의욕이 싹트고 있다는 증좌다. 가만히 있으면 고전문학과 현대문학이 이어지는 것이 아니다. 선조나 부모 없는 오늘의 '나'는 있을 수 없다. 현대문학이 비록 서구의 '창작론'의 영향에서 이루어졌다고 하더라도, 그 작품의 저류에 흐르는 정신이 살고 있는 곳은 우리의 '한옥'이 아닐까? 여기서 나는 고전수필과 현대수필은 '한옥' 정신으로 이어지리라고 본다.

문학은 작가의 고금(古今)이나, 표현하는 문자(文字)의 동이(同異)나, 장르를 뛰어넘어 독자에게 감동을 안겨준다. 문학은 작가의 '생각'과 '느낌'을 '상상의 힘을 빌려' 글자로 나타낸 예술이기 때문이다.

〈참고 문헌〉 ─────────────────────

고미숙: 『열하일기』(작은길, 2012)

고미숙 · 길진숙 · 김풍기: 『열하일기 下』(북드라망, 2018)

박기석: 『박지원 문학 연구』(三知院, 1984)

윤오영: 『고독의 반추』(관동출판사, 1975)

─────: 『수필문학입문』(관동출판사, 1975)

이관희: 『형상과 개념』(비유, 2010)

─────: 『散文의 詩 37호』(비유, 2020)

장덕순: 『한국수필문학사』(박이정, 1995)

전규태: 『한국고전문학사』(백문사, 1993)

조연현: 『개고 문학개론』(정음사, 1973)

한국고전연구회: 『연암 박지원과 열하일기』(지하철 문고, 1980)

한용운: 『님의 沈默』(왕문사, 1979)

고전수필의 맥을 잇는 현대수필 작법 ———————————————————————

10. 연암 문체, 역설의 향연 호곡장(好哭場)

호곡장(好哭場) / 연암(燕巖) 박지원(朴趾源)

『 호곡장好哭場 』

연암(燕巖) 박지원(朴趾源, 1737~1805)

7월 8일 甲申日, 맑음.

정사와 가마를 함께 타고 삼류하를 건넜다. 냉정^{冷井}에서 아침을 먹었다. 10리 남짓 가서 산모롱이를 접어들었을 때였다. 태복이가 갑자기 몸을 조아리며 말 앞으로 달려 나오더니, 땅에 엎드려 큰소리로 아뢴다.

"백탑^{白塔}이 현신함을 아뢰옵니다."

태복은 정진사의 마두다. 산모롱이에 가려 백탑은 아직 보이지 않는다. 재빨리 말을 채찍질했다. 수십 걸음도 못가서 모롱이를 막 벗어나자, 눈앞이 어른어른하면서 갑자기 한 무더기의 검은 공들이 오르락내리락 한다. 나는 오늘에야 알았다, 인생이란 본시 어디에도 의탁할 곳 없이 다만 하늘을 이고 땅을 밟은 채 떠도는 존재일 뿐이라는 사실을. 말을 세우고 사방을 돌아보다가, 나도 모르는 사이에 손을 들어 이마에 얹고 이렇게 외쳤다.

"훌륭한 울음터로다! 크게 한번 통곡할 만한 곳이로구나!"

정진사가 묻는다.

"하늘과 땅 사이의 툭 트인 경계를 보고 별안간 통곡을 생각하시다니, 무슨 말씀이신지?"

"그렇지, 그렇고말고! 아니지, 아니지 아니고말고. 천고의 영웅은 울기를 잘 했고, 천하의 미인은 눈물이 많았다네. 하지만 그들은 몇 줄기 소리 없는 눈물을 옷깃에 떨굴 정도였기에, 그들의 울음소리가 천지에 가득 차서 쇠나 돌에서 나오는 듯했다는 말은 들어본 적이 없다네. 사람들은 다만 칠정七情 가운데서 오직 슬플 때만 우는 줄로 알 뿐, 칠정 모두가 울음을 자아낸다는 것은 모르지. 기쁨喜이 사무쳐도 울게 되고, 노여움怒이 사무쳐도 울게 되고, 즐거움樂이 사무쳐도 울게 되고, 사랑함愛이 사무쳐도 울게 되고, 욕심欲이 사무쳐도 울게 되는 것이야. 근심으로 답답한 걸 풀어버리는 데에는 소리보다 더 효과가 빠른 게 없지. 울음이란 천지간에 있어서 우레와도 같은 것일세. 지극한 정情이 발현되어 나오는 것이 저절로 이치에 딱 맞는다면 울음이나 웃음이나 무에 다르겠는가. 사람의 감정이 이러한 극치를 겪지 못하다 보니 교묘하게 칠정을 늘어놓고는 슬픔에다 울음을 짝지은 것일 뿐이야. 이 때문에 상을 당했을 때 처음엔 억지로 '아이고' 따위의 소리를 울부짖지. 그러면서 참된 칠정에서 우러나오는 지극한 소리는 억눌러 버리니 그것이 저 천지 사이에 서리고 엉기어 꽉 뭉쳐 있게 되는 것일세.

일찍이 가생[1]은 울 곳을 얻지 못하고, 결국 참다 못해 별안간 선실宣室을 향하여 한 마디 길게 울부짖었다네. 그러니 이를 듣는 사람들이 어찌 놀라고 괴이하게 여기지 않았겠는가.

정진사가 다시 물었다.

"이제 이 울음터가 저토록 넓으니, 저도 의당 선생과 함께 한 번 통곡을 해야 되겠습니다 그려. 그런데 통곡하는 까닭을 칠정 중에서 고른다면 어디에 해당할까요?"

"그건 갓난아기에게 물어봐야 될 것이네. 그 애가 처음 태어났을 때 느낀 것이 무슨 정인지, 그 애는 먼저 해와 달을 보고, 다음으로는 눈앞에 가득한 부모와 친척들을 보니 그 얼마나 기쁘겠는가. 이 같은 기쁨이 늙을 때까지 변함이 없다면, 본래 슬퍼하고 노여워할 이치가 전혀 없이 즐겁게 웃기만 해야 마땅한 것 아니겠나. 그런데 도리어 분노하고 한스러워하는 감정이 가슴속에 가득하여 끝없이 울부짖기만 한단 말이야. 그래서 사람들은 이렇게 말하곤 하지. 삶이란 성인이든 우매한 백성이든 누구나 죽게 마련이고, 또 살아가는 동안에도 온갖 근심 걱정을 두루 겪어야 하기 때문에 세상에 태어난 것을 후회하여 먼저 스스로 울음을 터트려서 자기 자신을 조문하는 것이라고.

---

1) 가생賈生: 가의(賈誼)를 말함. 젊은 수재라서 생(生)이라 한 것. 가의는 한나라 문제에게 등용되었으나 뜻을 이루지 못하고 쫓겨났다. 장사왕과 양왕의 대부로 있으면서 당시 정치적 폐단에 대한 상소문을 올린 것으로 유명하다.

하지만 갓난아기의 본래 정이란 결코 그런 것이 아니야. 어머니 뱃속에 있을 때에는 캄캄하고 막혀서 갑갑하게 지내다가, 하루아침에 갑자기 탁 트이고 훤한 곳으로 나와서 손도 펴보고 발도 펴보니 마음이 참으로 시원했겠지. 어찌 참된 소리를 내어 자기 마음을 크게 한번 펼치지 않을 수 있겠는가. 그러니 우리는 저 갓난아기의 꾸밈없는 소리를 본받아서, 비로봉 꼭대기에 올라가 동해를 바라보면서 한바탕 울어 볼만하고, 장연長淵^{황해도의 고을이름}의 금모래밭을 거닐면서 한바탕 울어볼 만하이.

이제 요동벌판을 앞두고 있네. 여기서부터 산해관까지 1,200리는 사방에 한 점 산도 없이 하늘 끝과 땅 끝이 맞닿아서 아교풀로 붙인 듯 실로 꿰맨 듯하고, 예나 지금이나 비와 구름만이 아득할 뿐이야. 이 또한 한바탕 울어볼만한 곳이 아니겠는가!

(고미숙, 길진숙, 김풍기: 『열하일기』, 북드라망, 2019)

『연암 문체, 역설의 향연 호곡장(好哭場)』

본문 첫 머리의 "7월 8일 甲申日, 맑음. 정사와 가마를 함께 타고 삼류하를 건넜다."의 한문 본문은 "初八日 甲申 晴 與正使同轎 渡三流河(초팔일 갑신 청 여정사동교 도삼류하)"이다. 여기서 말하는 날짜는 물론 음력이다. 정사(正使)는 1780년 건륭제의 만수절 사신단의 총 책임자인 영조의 사위이자 연암의 3종형, 박명원(朴明源)을 이른다. '삼류하三流河'의 물은 탁하다. 어떻게 아는가? 강(江)과 하(河)는 그 물의 맑기에 따라 붙여진다. 강의 물은 맑고, 하(河)로 이름 붙여진 삼류하, 요하, 황하 등의 물은 탁하다. '7월 8일'은 압록강을 건너기 시작하여 14일째 되는 날이다. 압록강을 건너 중국 청나라에 들어가는 기록인 '도강록(渡江錄)'은 6월 24일부터 7월 9일까지의 기록이니, 압록강에서부터 요양에 이르기까지 15일이 걸렸다. 그러니 7월 8일은 14일째 되는 날의 기록인 것이다.

「호곡장好哭場」이란 제목은 처음부터 붙여진 이름은 아니다. 후대에 그렇게 제목을 붙인 것으로 번역자마다, 그 명칭이 다르다. '호곡장'(고미숙), '한바탕 울어 볼 만한 요동벌판'(허경진), '통곡할 만한 자리'(국어과 선생님이 뽑은 한국고전수필모음) 등으로 불리지만 별도로 「호곡장론(好哭場論)」이라 부르기도 한다. 원문은 "好哭場 可以哭矣 호곡장 가이곡의(아, 좋은 울음터로다. 가히 한 번 울 만하구나!)"이다.

『열하일기』는 날짜순에 따라 편년체(編年體)로 쓰다가, 어떤 날 생각과 느낌이 넘치면 기사체(記事體)로 별도로—상기(象記), 야출고북구기, 일야구도하기, 환희기 등, 연암 사상의 정수에 해당하는 명문장들로 쓰고 있다. 「호곡장(好哭場)」은 편년체 속의 글이다. 그러니까 별도로 제목을 붙여 쓴 글이 아니라는 뜻이다.

요양→ 심양→ 산해관까지 1,200리에 걸쳐 아득히 펼쳐진 요동벌판! 열흘을 가도 산이라곤 보이지 않는, 그 광활한 평원에 들어서는 순간 연암은 마치 태초의 시공간에 들어선 듯한 경이로움을 느꼈을 것이다. 고미숙의 표현을 빌려서 말하자면 "천지가 그에게 다가오고, 그가 천지 속으로 걸어서 들어가는 혼연일체의 느낌"이랄 수 있다. '크게 한번 울어볼 만하다'는 그런 존재론적 울림의 표현이었을 것이다. 마치 장자(莊子)에 나오는 곤(鯤)이라는 물고기가 파도를 타고 어느 순간에 붕(鵬)새가 되어 하늘을 나는 그런 존재론적 변화를 느꼈을 것이라는 생각이 든다. 요동의 광활한 벌판을 대하면서 조선의 좁고 답답한 세계에 갇혀 있었던 연암 자신을 느끼는 문명의 차에서 오는 충격일 수도 있었을 것이다.

자, 그러면 이제 실제 작품「호곡장」속으로 들어가 보자. 글의 갈래는 한문 고전 수필이요, 기행문이다. 글의 성격은 실제로 자기가 겪은 일을 소재로 삼고 있으니 체험적이요, 자기의 독창적인 논지를 논리정연하게 펼쳐가고 있으니 논증적이다. 또한「호곡장론」을 갓난아기의 울음에 비유하여 이론을 펴고 있으니 비유적이다. '좁고 답답한 조선 땅에서만 살다 천지의 광활함을 처음 목도한 충격과 감동을 통곡으로 표현하였으니 역설적이 아닌가. 결론적으로 일반인들은 잘 몰랐던 사실을 일깨워주고 있으니 교훈적이요, 이런 논리를 깊이 생각한 글이니 사색적이라 할 수 있다.

글의 제재는 '요동 벌판'이다. 그냥 요동 벌판이 아니라, 요동벌판을 대하고 거기서의 '느낌과 생각'이다. 글이란 어느 장르이건 실제의 제재에서 유로(流露)되는 '느낌과 생각'을 쓰는 것이다. 보고 들은 것에 대한 흥미 위주로 나열한 것은 신변잡기기에 흐를 공산이 크다. 문학수필이라면 제재(소재)에 대한 자기의 '느낌과 생각' 위주로 써야 하는 까닭이 여기에 있는 것이다. 모든 예술의 실제 소재는 정서이다. 소설은 정서를 인물의 성격에 담아내는 문학이요, 시는 직접 정서를 토로하는 문학이요, 창작수필은 인물을 포함한 사물과 사이의 교감, 즉 〈시적 발상의 산문적 형상화〉의 문학인 것이다. 주제는 '광활한 요동 벌판을 보고 느낀 감회와 생각'이라 할 수 있겠다. 광활한 요동 벌판을 보고 연암이 독자들에게 꼭 전하고 싶은 얘기가 뭐냐, 하는 것이 주제인 것이다. 그렇다면 느낀 감회가 뭐냐? '한 번 울만한 곳'이란 것이 아니겠는가.

예술은 작가가 대상에서 느낀 '정서'를 소재로 삼아 노래도 만들고, 그림도 그리고, 문학 작품도 쓰는 것이다. 문학은 비유다. 문학은 생각(사상)이나, 느낌(정서·감정)을 상상의 힘을 빌려 글자로 나타낸 예술과 그 작품—시, 소설, 희곡, 수필과 이들에 관한 평론 같은 것을 포함한다. 창작에세이(창작수필)의 주인공은 인물을 포함한 모든 사물인 것이다. 창작수필은 사물의 정서, 즉 사물과 작가 사이의 정서적 교감이 작품의 이야기가 되는 문학인 것이다.

"구체적으로 문학의 認識과 思考는 感覺이요, 心象이기 때문에 문학에선 다른 學問에서보다 더 작가의 生理를 重視하게 된다. 그 인식이 감각적이기 때문에 文學의 세계는 다른 학문의 知的인 認識에서와 같은 지식의 세계가 아니고, 感情과 情

緖의 세계다." (백철:『문학개론』, 신구문화사, 1956, 63~64쪽)

문학 작품이란 신변잡사에서 특별한 그 작가만이 느낀, 〈창조적 감성·정서·사상〉(생각·느낌)을 배합해서 예술적으로 형상화해낸 작품인 것이다. 신변잡사의 흥미 있는 이야기꺼리에서 느낀 작가만의 창조적 생각과 느낌이 진정한 문학의 소재가 된다는 말이다. 그렇다면 형상화 방법은 무엇인가? 모든 문학은 비유법적 표현이 아니고는 생각과 느낌을 형상화해낼 방법이 없는 것이다. 생각과 느낌은 관념이며 추상이다. 관념과 추상적 대상은 형체가 없다. 형상화란 형체가 없는 생각과 느낌에 형체를 만들어(창조) 주어 일정한 형체가 있는 대상으로 드러나게 하는 예술적 방법인 것이다.

형상화란 모양을 지니지 못한 것이 구체적인 형태로 나타남을 가리킨다. 그것이 일정한 테두리를 이루고 형태를 가지지 못한다면 그에 대해서 예술 작품의 이름이 허용되지 않는다.(김용직:『현대시원론』, 학연사, 2001. 46쪽)

이 작품, 「호곡장」은 '요동 벌판에서 느낀 감회'가 소재가 된 작품이다. '느낌이나 감회'는 형체가 없다. 연암은 어떻게 형상화했는가? 비유법적 이야기로 형상화하고 있다. 위에서도 말했듯이 모든 문학은 비유법이 아니면 그 생각과 느낌(감정·정서)을 표현할 방법이 없다.

왜 그런가? 인간은 조화옹(造化翁)이 아니기 때문이다. 조화옹—자연(自然)·신(神)·창조주(創造主)는 무엇이나 실제로 있게 실물을 만들어 낼 수 있다. 그런데 인간은 그럴 수가 없지 않은가. 그러므로 어쩔 수 없이 다른 무엇에 빗대어서 표현할 수밖에 딴 방도가 없을 수밖에 없다. 비유법이란 만들고자 하는 대상, 그 자체를 창조하는 것이 아니다. 자신이 표현하고자 하는, 그 감정과 비슷한 다른 어떤 대상에 빗대어 표현하는 방법이 비유법이다. 여기 「호곡장」은 갓난아기의 울음에 빗댄 작품이 아닌가? 연암은 역설의 대가다. 모두들 눈앞의 장관에 혼을 빼앗기고 있을 때, 울음터를 연상해 낸 것이다. 역설은 이와 같이 기존의 통념을 '반대로 전복'시키는 글쓰기의 기교라 할 수 있다.

이제 작품의 구성을 보자. 구성은 '발단(起)→ 전개(承)→ 위기·절정(轉)→ 대단원(結)으로 되어 있다. 이런 구성을 내용적으로 보면 연암과 정진사의 문답 형식으로 되어 있음을 알 수 있다. 그렇다면 일목요연하게 도표에서 보자.

단 계	부터~ 까지	소주제	비고
발단(起)	"처음 ~ 훌륭한 울음 터로다! 크게 한번 통곡할 만한 곳이로구나!"	○ 요동벌판을 보고 좋은 울음터라 말함.	
전개(承)	정진사가 다시 물었다. ~ 사람들이 어찌 놀라고 괴하게 여기지 않았겠는가.	○ 정 진사가 이유를 묻자 7情이 극에 달하면 울음이 된다고 말함.	○ 정 진사는 박지원의 말동무이자 동문서답의 달인임. ○문답적(問答的) 구성

단 계	부터~ 까지	소주제	비고
위기·절정 (轉)	정진사가 다시 물었다. ~ 칠정 중에서 고른다면 어디에 해당할까요?	○ 정 진사의 물음- 통곡할 때 취해야 할 '情'	문(問)
대단원 (結)	그건 갓난아이에게 물 어봐야 될 것이네. ~ 끝(이 또한 한바탕 울 어볼만한 곳이 아니겠 는가!)	○ 요동 벌판이 통 곡할 만한 자리임 을 확인함.	답(答)

이상의 작품 분석을 종합해 보면 「호곡장」은 현대의 수필문학이 취해야 할 독창적 안목을 뚜렷이 말해주고 있다. 무엇인가? 체험에서 주제를 뽑아내는 한 방법을 제시한 것이다. 눈앞에 있는 것을 그냥 열거만 해서는 문학이 될 수 없다. 글을 초점화(焦點化)해서 「호곡장론(好哭場論)」을 말한 것이다. 이 작품의 특징은 풍경 묘사보다는 작가 자신의 주장을 개진하는데 초점을 맞추었고, 발상의 전환과 분석, 적절한 비유와 역설로 공감을 불러일으키고 있다. 작품의 목표는 독자와의 공감에 있다. 한문 고전수필인 이 작품은 현대수필과 어떤 호흡을 나누고 있는지 한번 보자.

거기에 그는 자유분방의 천부적인 글재주를 겸비했다. 이 또한 우리에게 수수히 그대로 전해져 그의 글을 읽다보면 부스스 이효석의 「메밀꽃 필 무렵」이 생각나고, 신경림의 「장마와 농무」가 자연적으로 떠오른다. 명작이란 모름지기 자연적으로 정제되어 오늘에 다시 꽃을 피운다는 생각을 어쩔 수 없이 하게 된다. 우리 고유의 서정을 수백 년이 지났건만 그에게서 다시 맡는다. 굳이 그를 철학적으로 고명함으로 빗댈 필요 없다. 그의 글은 김소월, 이효석으로 자연스레 이어지는 듯, 토속적이며 우리 특유의 똥바가지 구린 냄새가 풀풀 난다.(조성원:『열하일기』, 해드림출판사, 2016, 59~60쪽)

열하일기의 한 저자이기도 하면서 독자의 입장에서 한 말이다. 여기서 보면 고전수필과 현대수필의 어떤 연결고리 같은 것을 발견한 것을 알 수 있다. 선배 수필가 윤오영 선생의 견해를 더 들어 보자.

이효석의 문장은 사색(思索)과 낭만이 조화를 이룬 문장으로 비록 미완성의 도정(道程)에 있는 글이나 가장 수필적인 취향성(趣向性)이 짙은 글이다. 그의 소설 「山」이나 「메밀꽃 필 무렵」은 우리나라에서 보기 드문 수필적인 방훈(芳薰)이 높은 작품이다. 그의 작품 세계는 항상 수필적이다.(윤오영:『수필문학입문』, 관동출판사, 1975, 137쪽)

위에서 「호곡장」이 어떤 면에서 현대수필과 이어지고 있는가를 보앗다. 다음은 「호곡장」 자체를 거시적으로 이해할 수 있는 언급이 되겠다. 훗날 1809년 연경을 다녀온 추사 김정희가 「호곡장」에 대한 시 한수를 남겼다. 그 시 「요야(遼野)」를 보자.

천추의 커다란 울음터라니	千秋代哭長
재미난 그 비유 신묘도 해라	戱諭仍妙詮
갓 태어난 핏덩이 어린 아이가	譬之初生兒
세상 나와 우는 것에 비유했다네	出世而啼先

(고미숙: 『열하일기』, 작은길, 2012, 96쪽)

「호곡장」은 요동의 백탑으로 향하면서 눈앞에 펼쳐진 일망무제의 대평원을 바라보는 연암의 감정이다. 장덕순 교수는 이 작품을 연암의 인간됨이 가장 잘 나타나 있다고 보았다. 그렇다면 연암의 인간됨을 더 살피기 위해서 이른바 백탑파(白塔派)를 거론해야 되겠다. 백탑은 탑골 공원에 있는 원각사 10층 석탑을 말한다. 당시 연암은 그의 벗들—북학파의 핵심 멤버인 박제가, 천재 과학자이자 음악가인 홍대용, 괴짜 발명꾼 정철조, 조선 최고의 창검술을 자랑한 백동수, 스스로 책만 보는 바보 간서치(看書痴)라 일컬은 이덕무, 백탑 근처의 사랑채가 넓은 집에 살던 이서구, 그 옆에 서상수의 서재가 있었고, 조금 떨어진 동북쪽에 유득공의 집이 있었다. 연암은 부도 명예도 없었지만 30대는 '백탑에서의 청연(清緣)으로 가장 빛나던 시절이었다. 백탑시대를 구가하면서 실학 연구에 힘써 북학파(北學派)의 중심인물이 되었다. 연암과 친구들은 북벌에 맞서 북학의 기치를 내걸었다. 여기서 고문을 벗어나 '지금 여기'의 살아 숨 쉬는 글쓰기를 실험도 했던 것이다.

연암(燕巖)이란 호는 '제비바위'라는 뜻으로 개성에서 30여 리 떨어진 두메산골인 연암협(燕巖峽)에서 자호(自號)한 것이다. 연암골에 들어간 직접적인 이유는 홍국영(洪國榮)의 세도정치의 칼끝 때문이었다. "빨리 서울을 떠나 연암골로 들어가게." 백동수가 가장 먼저 정보를 입수하고 달려왔고, 조정 대신이던 절친한 친구 유언호도 낌새를 알아채고 곧장 달려왔다. 두 친구의 의견은 일치했다. 백동수는 무인이라 홍국영 밑에 있는 협객들과 각별한 인맥을 가지고 있었기에 가능한 일이었다. 이때가 마흔 두 살쯤 무렵이었고….

연암협(燕巖峽)에 둔거하고 있을 때였다. 연암에게 득의의 기회가 찾아왔다. 열하행의 기회가 온 것이다. 삼종형 박명원이 청나라 건륭황제의 칠순 수연에 '진하사(進賀使)'로 뽑혀서 가게 되었다. 삼종형의 수행원으로 따라가게 된 것이다. 그때 나이 44세, 하는 일 없는 서생이 중국을 가게 된 것은 평소 연구했던 실학을 실제 눈으로 하나하나 보게 되는 계기가 온 것이다. 그는 그 여행길에서 세계 최고의 여행기요, 천고의 기문인 『열하일기』를 낳았다.

장덕순 교수는 『열하일기』의 서문에는 다음과 같은 중요한 내용이 담겨 있다고 역설한다. 첫째, 단순한 기행문이 아니다. 『열하일기』의 서문에 의하면, 사실이면서 우언(寓言)이라는 게 드러난다. 『열하일기』가 포괄하고 있는 청국의 문물제도가 우언(寓言)이자 이치를 논하는 것이라는 말은 중국의 문물제도를 들어서 당시 조선의 그것을 비판 한다는 뜻이며, 동시에 조선이 나아갈 방향을 제시하고 있다. 둘째, 서문 자체가 훌륭한 문학이론이다. 연암 스스로 법고창신을 주장하는 등의 문학이론을 펼쳤지만, 이 서문을 능가하는 것은 없다. 『열하일기』가 기행문이되 치밀한 문학이론 위에 서 있음을 알 수 있다. 셋째, 이 서문만 독립하여 하나의 훌륭한 수필이다. 『열하일기』의 가장 큰 특징은 바로 이러한 북학사상의 개진에 있다. 실학이 선비의 직무라고 본 것이다. 북학파의 우두머리였던 박지원은, 그의 날카로운 안목으로, 이 문물제도를 세밀히 관찰하여 극히 논리적인 문장으로 전개해 놓고 있다. 바로 이런 부분들은 과학이라 이름 하여도 손색이 없을 것들이다.(장덕순: 「박지원의 '열하일기'」-문학과 과학의 융합 『한국수필문학사』, 228쪽)

필자는 이 글을 쓰는 동안 내내 박지원의 건강 문제가 머릿속에서 떠나지 않았다. 우여곡절 끝에 겨우 연경에 도착했을 때 열하에 있던 건륭제는 조선의 사행단(使行團)을 열하로 오라는 것이었다. 이리하여 연경→ 열하까지 700리의 새 여정이 다시 시작되었다. 사행단은 일행 281명 중 74명만 차출되어(말 53필 포함) 무박 나흘을 가게 되니, 굶주림과 '잠 고문'에 시달려야 했다. 그러나 연암의 체력은 고갈되었지만 머리의 지성은 빛났다. 어떠한 환경에서도 항상 글을 썼다는 것은 커다란 장점이 아닐 수 없다. 연암의 건강은 타고난 것일까? 연암은 술을 좋아했다. 그는 7월 8일 신요양 영수사에서 묵을 때 너무 더워 잠결에 홑이불을 차 버려 감기 기운이 살짝 있었고, 7월 20일 동관역에서 더위를 먹어 생마늘을 몇 개 갈아 소주에 섞어 먹었더니 그제야 편안해져 안온하게 잘 수 있었다고 적고 있다. 7월 23일 홍화포에서는 감기 기운이 잠깐 있어 잠을 설쳤다고 했으나 더 이상의 언급은 없다.(조성원: 『열하일기』, 58쪽)

　연암 자신은 "나는 본디 몸이 비둔(肥鈍)하여 더위를 몹시 싫어한다."고 적고 있다. 이를 뒷받침이라도 하듯이 손주 박수주가 그린 연암의 초상화를 보면 그 몸집이 보통이 아님을 본다. 초상화에서는, 치켜 뜬 두 눈에서는 '명예와 이익을 극도로 삼간 대쪽 같은 결단력'을 읽을 수 있다. 그리고 10대 때부터 자신의 우울증을 치료 삼아 하층민이나 상대의 나이를 불구하고 세상 누구와도 친구가 될 수 있었던 여유 등이 느껴진다.

조선 기행문의 백미『열하일기』는 열하의 문인 등, 북경의 명사들과 필담(筆談)으로 사귀면서, 그 곳 문물과 제도를 견문한 바를 분야별로 나누어 기록한 것이다. 중국의 역사, 지리, 풍속, 토목, 건축, 정치, 경제, 문화 예술 등 광범위한 분야가 상세히 기록된 것이 한 특징이다. 단순한 묘사에 그치지지 않고 이용후생(利用厚生)의 관점에 입각해 서술하여 조선 기행문의 백미로 꼽힌다.

과학과 문학의 융합은『열하일기』의 문체인 '연암체'를 성립시켰다. 이 글은 1780년에 지어졌음은 위에서 몇 번 언급되었다. '대본 5'에서 보았던「동명일기」는 1772년에 나왔다. 그리고 훈민정음은 1443년에 창제되어 1446년 반포되었다.『열하일기』는 훈민정음 반포 후 334년에 모습을 드러냈던 것이다. 나는 이 글을 쓰는 동안『열하일기』가 '한글 작품이었더라면?' 얼마나 좋았을까, 생각했다. 윤오영 선생의 "우리 국문학이 진작부터 사대부가의 내간체(內簡體)에서 세련에 세련을 쌓아 맥맥히 이어 왔으며, 우리 어문(語文)의 산 호흡과 체취를 전해주고 있다는 사실도 검토되고 연구되어야 한다."는 말에서「동명일기」등의 연구가 너무나 미약함을 부끄럽게 생각한다. 이것이 이 연구를 있게 하는 하나의 암시가 되기도 했을 것이다.

〈참고 문헌〉 ─────────────────────────

고미숙: 『열하일기』(작은길, 2012)

고미숙 · 길진숙 · 김풍기: 『열하일기 上』(북드라망, 2018)

국어과 선생님: 『한국고전수필모음』(북앤북, 2015)

윤오영: 『수필문학입문』(관동출판사, 1975)

이관희: 『형상과 개념』(비유, 2010)

장덕순: 『한국수필문학사』(박이정, 1995)

조성원: 『열하일기』(해드림출판사, 2016)

조윤제: 『국문학사개설』(을유문화사, 1967)

하성욱 외: 『고전산문의 모든 것』(꿈을 담은 틀, 2007)

한국고전연구회: 『연암 박지원과 열하일기』(지하철 문고, 1980)

허경진: 『열하일기』(현암사, 2009)

─────────────────────────

고전수필의 맥을 잇는 현대수필 작법 ─────────────────

11. 한국 문학 수천 년의 결정(結晶),
증백영숙입기린협서(贈白永叔入麒麟峽序)

증백영숙입기린협서(贈白永叔入麒麟峽序)
연암(燕巖) 박지원(朴趾源, 1737~1805)

『증백영숙입기린협서贈白永叔入麒麟峽序』

연암(燕巖) 박지원(朴趾源, 1737~1805)

영숙永叔은 무관武官의 자손이다. 그 선대先代에 충성으로써 나라를 위하여 죽은 분이 있어, 오늘에 이르기까지 사대부士大夫들이 이를 슬퍼한다. 그는 글씨에 능하고 옛일에 밝았다. 젊어서는 말 타기와 활쏘기에 뛰어나 무과武科에도 올랐었다. 비록 벼슬길은 세월이 막혔으나 임금께 충성하고 나라 위하여 죽으라는 뜻은 족히 그 선대의 충렬忠烈을 이을 만했으니, 사대부들에게 부끄러울 것이 없었다. 아, 그런 영숙이 어찌 하여 그 가족을 다 끌고 예맥獩貊의 고을을 가는가?

일찍이 그가 나를 위하여 금천金川 땅 연암燕巖 골짜기에 살 데를 잡아 준일이 있다. 산 깊고 길은 막혀 종일 가도 사람 하나 볼 수 없었다. 우리는 갈숲에 나란히 말 세우고 채찍으로 저 높은 언덕에 금을 그으며 서로 말하기를,

"저기다 울타리 치고 뽕 심으면 되겠네그려. 갈숲에 불 놓아 밭 일구면 해마다 좁쌀 천석은 거두겠어."

하고, 시험삼아 부시를 쳐 바람에 불을 붙이니, 꿩은 꺽꺽거리며 놀라 날고 어린 노루는 우리 앞을 후닥닥 뛰어 달아났다. 우리는 팔뚝을 휘두르며 쫓아가다가 냇물에 막혀 되돌아왔다. 그리고 서로 보고 웃으며 말했다.

"인생이라는 것 백 년도 못되는데, 어찌 답답하게 목석木石으로 주저앉아 좁쌀 지어먹고 꿩 토끼 잡아먹으면서 살겠는가?"

그러던 영숙이 이제 기린麒麟 골짜기로 살러간다. 송아지 한 마리 지고 들어가 그게 크면 밭 갈겠다고 한다. 소금도 된장도 없으리니 아가위와 돌배로 장 담가먹겠다고 한다. 그 험하고 막히고 외지기는 연암 골짜기에서 훨씬 더하니, 어찌 비교하여 같다 하겠는가?

돌아보매 나는 아직 기로岐路 앞에 망설이며 거취를 결정치 못하고 있으니, 이런 내가 감히 영숙이 가는 것을 말리겠는가? 나는 그의 뜻을 장하게 여기고 그가 살 곤궁한 삶을 슬퍼하지 않을 것이다.

(〈燕巖集〉, 정진권:『한국고전 수필선』, 범우사, 2005, 191~192쪽)

본론

『 한국 문학 수천 년의 결정(結晶), 증백영숙입기린협서 』

표제 「증백영숙입기린협서贈白永叔入麒麟峽序」는 '백영숙白永叔이 기린협麒麟峽으로 들어가는 데 주는 글[序]'이란 뜻이다. 서序는 한문체의 하나로 사적事跡의 요지要旨를 기록한다. 영숙은 조선 정조 때 사람 백동수((白東脩, 1743~1816)의 자字이다. 그는 서얼庶孽이었다. 서얼은 서자庶子 얼자孽子를 아울러 이르는 말이다. 서자는 양반과 양민 여성 사이에서 낳은 아들이고, 얼자는 양반과 천민 여성 사이에서 낳은 아들을 일컫는다.

백동수는 신임사화에 연루되어 죽은 충장공 백시구(白時耈)의 증손이며, 백상화(白尙華)의 손자다. 아버지는 절충장군(折衝將軍) 행용양위부호군(行龍驤衛副護軍) 백사굉(白師宏)이다. 조부인 백상화가 서자였기에 신분상 서얼에 속하였다. 1771년(영조 47년) 식년시(式年試) 무과에 급제하였으나 관

188

직에 오르지는 못했다. 1773년에 가족과 함께 강원도 기린협(麒麟峽, 지금의 강원도 인제)에 은거하여 농사를 지으며 무예를 연마하였다. 정조가 1779년 이덕무·유득공·박제가 등 서얼 출신의 인사를 규장각(奎章閣) 검서관(檢書官)으로 임명하자 1780년(정조 4년)에 다시 한양으로 돌아왔다.(네이버 지식백과 · 위키 · 두산백과)

위의 내용을 이해하면 본문의 이해에 큰 도움이 되겠다. 백동수 하면 오래 전 무협 사극 방송극이 떠오를 것이다, SBS에서 방송된 월화 드라마였다.

표제 「贈白永叔入麒麟峽序」는 한문 원제이다. 그러니까 「증백영숙입기린협서」는 원제를 한글로 바꿔 쓴 것이다. 이런 표제 말고 번역의 묘미를 보여주는 표제를 보자. 「백영숙을 보내는 글」(윤오영:『수필문학입문』), 「백영숙을 보내며」(윤오영:『고독의 반추』), 「왜 그는 떠나는가」(정진권:『고전산문을 읽는 즐거움』), 「백영숙이 기린협으로 들어가는 데 주는 글」(정진권:『한국고전 수필선』의 각주), 「백영숙을 기린협으로 보내며」(손광성:『아름다운 우리 고전 수필』) 등이 보인다. 자, 이제 이쯤에서 작품 분석으로 들어가자.

「증백영숙입기린협서」의 소재는 백영숙이다. 필자인 연암(燕巖) 박지원(朴趾源)의 친구다. 백영숙은 연암이 40세 무렵 홍국영의 세도로 신변 위험에 몰렸을 때 연암협으로 피하도록 알선한 친구다. 그런데 이제 그 친구를 기린협으로 떠나보내는 심정이라니. 소재를 글 속으로 끌고 들어와 제재를 삼아 이끌어낸 주제는 무엇일까? 글의 결어 "나는 그의 뜻을 장하게 여기고 그가 살 곤궁한 삶을 슬퍼하지 않을 것이다."에 내재한 친구 백영숙을 험하고 외진 산골자기로 보내는 마음이겠다. 글은 3단으로 구성되었다.

단계	부터~까지	소주제	구절 해설
처음	(처음) 영숙은 무관의 자손이다~예맥濊貊의 고을을 가는가?	무사 백동수의 근실했던 삶	○비록 세월은 벼슬길을 막았으나: 당시의 세월은 서얼들의 벼슬길을 막았다. ○예맥濊貊의 고을: 지금의 강원도
중간	일찍이 그가 나를 위하여~꿩 토끼 잡아먹으면서 살겠는가?	내가 연암협에 들어갈 때 걱정해주던 영숙의 모습	○금천金川땅 연암 골짜기: 황해도의 한 지명. 연암은 제비바위라는 뜻이다. 박지원은 스스로 '연암'을 자신의 호로 삼았다. 연재 「야출고북구기」에서 개성에서 30여 리 떨어진 두메산골이라 했다. 황해도지만 개성 쪽에 가까워 개성 중심으로 설명했던 것 같은데 그대로 인용한 것이다.
끝	그러던 영숙이 기린麒麟 골짜기로~(끝) 곤궁한 삶을 슬퍼하지 않을 것이다.	너 떠나는 게 맘 아프지만 나 자신의 상통이 더 맘 아프기에 슬퍼하지 않는다.	○[중간 글속에]"언덕에 금을 그으며 서로 말하기를"-서로 말한다고 했지만 문맥으로 보아 연암이 한 것임. ○"그리고 서로 보고 웃으면 말했다."-서로 말한다 했지만 문맥으로 보아 영숙이 한 말임.

이 글은 고전 한문 수필이다. 내가 고전산문을 이렇게 연재하며 연구하는 것은 고전 수필과 현대수필이 조손(祖孫)간이나 부자지간처럼 닮은 데가 있는 가를 고구(考究)하는 일이다. 우리 국문학사가 역사적 우여곡절을 거치면서 빈약하게 된 것은 사실이다. 학자들은 고전문학 하면 대수롭지 않게 생각하며 갑오경장 무렵에 유입된 서구의 문예사조에 의한 창작론만 앞세우려 하는 경향도 보인다. 전통 단절론, 문화 이식론 등은 그럴 법한 이론 포장이 되어 있기도 하다. 그러나 일천한 평자는 그런 주장을 단호히 부정한다. 아무리 못났어도 우리는 우리 조상들의 후예이기 때문이다. 나는 아버지의 아들이다. 신라 때는 이두로 향가를 지었고. 고려 때의 속요의 리듬을 보라. 어디 그게 서구 이론에서 비롯된 것인가. 시조가, 가사문학이, 그리고 고전 수필문학이 현대에 이어지고 있는 것을 못 느끼는가? 앞에 열거한 우리 장르들은 면면히 우리의 정서가 창조적 생명력으로 나타나고 있음을 못 느끼는가? 아무리 작고 적은 전통도 우리가 가꿔야 우리 전통이 된다. 그런 전통을 무시한다면 무시하는 그 순간부터 새로운 무의 상태에서 시작해야 하는 것 아닌가? 전통의 창조적 계승을 생각한다. 고전수필과 현대문학수필을 잇는 연계(連繫)의 요소는 없는가? 나는 있다고 말한다. 가장 오래된 창조 수법인 '의인법'이 고전 수필에도 현대수필에도 다같이 작법으로 쓰인다.

우선 「동명일기(東溟日記)」부터 살펴보자. 한글 문학의 수준을 유감없이 보여준 내간체 창작적 기행수필이 아닌가? 작가는 김의유당(金意幽堂)이다. 그런데 최근에 새로운 자료의 출현으로 영조 45년~49년 (1769~1773)의 4년간에 함흥 판관을 지낸 신대손(申大孫: 1728~1788))의 아내인 의령 남씨(宜寧南氏: 1727~1823)임이 확인 되었으며, 그 지어진 연대도 60년이나 소급되어 영조 49년(1773)이 된다.(최강현: 『한국수필문학신강』(박이정, 1998, 62쪽)

그렇다면 「동명일기」는 어디가 '창작'인가?

"긔튝(己丑:1829)년 팔월의 낙(洛-서울)을 떠나 구월 초생의 함흥으로 오니 다 니르기롤 일월츌이 보암즉하되…." (「동명일기」의 서두)

"구월십칠일 가셔 십팔일 도라와 이십일일(1832년) 긔록ᄒ노라."(「동명일기」의 말미)

작품 말미에서 보면 "구월 십칠일 가셔 십팔일 도라와 이십일일 (1832년) 긔록ᄒ노라."라고 하여 1박2일로 월출과 일출을 보고 돌아

온 지 사흘 뒤에 기록한 것으로 되어 있다. 이 사실은 우리에게 무엇을 말해주고 있는가? 이 「동명일기」는 '기억'에 의해서 재구성해서 썼다는 말이 된다. 이 말은 허구라는 말인 것이다. (오덕렬: 『창작에세이』-작품과 작법 28호, 20쪽)

문학에서 그것이 아니면 문학일 수 없는 조건이 하나 있다. 그것이 창작이다. 창작이란 '상상적인 것'이어야 한다. 사실의 소재에서 생각하고 느낀 것이 〈상상적인 것으로 형상화〉 되어야 창작 작품인 것이다. 위에서 「동명일기」는 '허구'라 말했다. 그렇다면 〈허구〉와 〈상상〉은 어떤 관계인가? 간단하고 명확한 정의가 있다. "상상은 표현되지 않은 허구이고, 허구는 표현된 상상이다."(이관희) 즉 상상과 허구는 동전의 앞뒤와 같이 한 몸이란 뜻이다. 머릿속에서 생각만 하고 있으면 상상이요, 그 상상을 글로 쓰면 그 작품은 허구가 된다. 그러므로 「동명일기」는 창작인 문학작품인 것이다.

현대문학은 서구문예이론의 창작론에만 너무 급급할 일이 아니다. 양이 많지 않은 고전문학 한 편 한 편을 심도 있게 연구 분석하여 장르마다 전통의 계승에 힘써야 하겠다. 국문학 관계 학과도 거치지 않은 나는 이 작업을 하는 동안 왜 이런 문학적 작업이 진즉 이루어지지 않았을까? 고민한다.

현대문학에서 창작문학의 문장은 형상적 문장이 그 대표적 형식이다. 형상적 문장의 대표적인 양식은 비유적 문장이다. 「동명일기」속에는 수많은 비유가 아주 섬세하고 적절히 쓰였음을 우리는 안다. 여기서 「동명일기」는 허구성과 비유적 문장으로 현대수필에 맥이 이어졌음을 확인한다.

다시 「贈白永叔入麒麟峽序」를 보자. 번역문이기 때문에 번역의 그 미묘한 맛을 느끼기 위해 몇 개 원문장의 번역문들을 비교해 보자.

출처	정진권 『한국고전 수필선』	정진권 『한국수필 문학사』	정진권 『고전산문을 읽는 즐거움』	윤오영 『고독의 반추』	손광성 『아름다운 우리고전수필』
원문	① 贈白永叔入 麒麟峽序 ②永叔將家子 ③滅貊之鄕?	① 贈白永叔入 麒麟峽序 ②永叔將家子 ③滅貊之鄕?	① 贈白永叔入 麒麟峽序 ②永叔將家子 ③滅貊之鄕?	① 贈白永叔入 麒麟峽序 ②永叔將家子 ③滅貊之鄕?	① 贈白永叔入 麒麟峽序 ②永叔將家子 ③滅貊之鄕?
역문	①백영숙이 기린협으로 들어가는 데 주는 글(序) ②영숙은 무관武官의 자손이다. ③예맥의 고을 을 가는가?	①증백영숙입 기린협서 ②永叔은 武官의 자손이 다. ③예맥의 고을 을 가는가?	①왜 그는 떠나는가 ②영숙은 무관 집안의 자손이다. ③예맥의 고을로 들어가는가?	①백영숙을 보내며 ②영숙은 장성의 후예다. ③그는 왜 산협 두메에 기리 살아야 하는가.	①백영숙을 기린협으로 보내며 ② 영숙은 장수 집안의 후예다. ③강원도 두메 산골로 가려하고 있다.

출처	정진권 『한국고전 수필선』	정진권 『한국수필 문학사』	정진권 『고전산문을 읽는 즐거움』	윤오영 『고독의 반추』	손광성 『아름다운 우리고전수필』
원문	④試敲鐵 因風 縱火 ⑤負犢而入	④試敲鐵 因風 縱火 ⑤負犢而入	④試敲鐵 因風 縱火 ⑤負犢而入	④試敲鐵 因風 縱火 ⑤負犢而入	④試敲鐵 因風 縱火 ⑤負犢而入
역문	④시험삼아 부시를 쳐 바람에 불을 붙이니 ⑤ 송아지 한 마리 지고 들어가	④ — ⑤ 송아지 한 마리 지고 들어가	④시험삼아 부시를 쳐 바람에 불을 붙이니 ⑤송아지 한 마리 데리고	④이런 소리를 하며 쇠를 쳐서 불을 질렀다. ⑤송아지 한 마리를 끌고	④ 시험삼아 부싯돌을 쳐서 바람을 따라 불을 놓았더니 ⑤ 송아지 한 마리를 끌고 들어가서

①에서는 원제를 살폈다. 원제를 그냥 한글로 써 놓은 것부터, 축자적 번역(①백영숙이 기린협으로 들어가는 데 주는 글(序))도 있고, 의역한 것(①왜 그는 떠나는가, ①백영숙을 보내며) 등도 있다. 첫 문장 '永叔將家子'에서 '將家子'의 번역을 보면 '무관의 자손', '무관 집안의 자손', '장성의 후예' 등으로 되어 있음을 볼 수 있다. 본문의 '鐵'을 '부시', 또는 '부싯돌'로 번역하기도 하고, '쇠'라고도 했다. 다섯 번째 예를 보인 부독이입(負犢而入)을 보자. [負: 질 부, 犢:송아지 독, 而: 말 이을 이, 入: 들 입]의 번역을 보자. 〈負〉를 '지고', '데리고', '끌고'라고 했다. 어떻게 해서든지 뜻은 통한다. 그러나 말맛이 약간씩 다른 묘미가 있지 않은가. 그래서 번역을 제2의 창작이라 하는 모양이다. 글을 쓸 때처럼 번역할 때도 그때그때 '생각과 느낌'이 다르기 때문일

것이다. 의역과 직역에 관한 일화 하나 보고 가자.

17세기에는 모든 것을 '프랑스화'하는 번역, 즉 비록 원문에 충실하지 않더라도 이국의 작품들을 최대한 아름답고 자연스러운 프랑스어로 번역하는 것이 유행이었습니다. 당시 이렇듯 유려하고 가독적인 번역으로 이름을 날리던 페로 다블랑쿠르(Perrot D'Ablancourt)라는 번역가가 있었는데 메나지(Ménege)는 페로의 번역을 이렇게 비판했습니다.

"그의 번역은 내가 투르에서 깊이 사랑한 여자를 연상시킨다. 아름답지만 부정한 여인이었다."

여기서 겉모습이 아름답다 함은 가독성이 뛰어나고 매끄러워서 번역한 티가 나지 않는 번역을 말하며, 부정하다 함은 원문에 대해 충실하지 못했음을 의미합니다.

의역을 말하는 '부정한 미녀'와 직역을 가리키는 '정숙한 추녀'! 여러분은 어느 쪽을 좋아하는가? 나는 축자적 번역을 한 '정숙한 추녀'보다는 저자의 정신을 잘 살린 '부정한 미녀'를 택하고 싶기도 하다. 요네하라 마리(米原万理)는 번역에 대한 유명한 일화 ≪미녀냐 추녀냐≫를 표제로 책을 내서 상을 타기도 했다고 한다. 다시 작품 속으로 들어가자.

정진권 선생은 '직역'에, 윤오영 선생은 '의역'에 가깝다. 송아지를 지고 간다는 표현에서는 송아지 한 마리도 걸릴 수 없는 좁고 험한 산골자기를 연상하게 되지 않는가. 윤오영 선생은 「연암의 문장」(『고독의 반추』, 관동출판사, 1975)에서 연암의 문장을 천하 기문(奇文)이요, 한국문학 수천 년의 결정(結晶)이라 칭찬한다. 추사의 서書, 단원의 화畵, 연암의 문文을 예원 삼절三絶이라 찬양했던 것이다. 그러면서 이 작품 「증백영숙입기린협서」를 청·명 소품(明淸小品), 아니 현대 세계 수필문학(隨筆文學) 어디에 비해도 그 존재는 뚜렷하다고 칭송한다. 그것은 이 글의 문장 속에 녹아 있는 인품과 교분과 처지와 추억이 생생하기 때문일 것이다. 결어를 다시 한 번 보자.

돌아보매 나는 아직 기로岐路 앞에 망설이며 거취를 결정치 못하고 있으니. 이런 내가 감히 영숙이 가는 것을 말리겠는가? 나는 그의 뜻을 장하게 여기고 그가 살 곤궁한 삶을 슬퍼하지 않을 것이다.

연암은 거취를 결정치 못하고 있다. 자기 목숨을 건져준 은인이자 친구 백영숙! 친구인 연암이 문체반정과 홍국영의 세도로 목숨이 위태롭게 되자 연암협을 찾아 피신을 도왔던 무사 백동수! 서얼이란 굴레 때문에 뜻은 있으나 등용되지 못했다. 그런 그가 연암협보다 더 외지고 험한 기린협으로 간다. 식구들을 다 데리고 떠나는 친구 백동수의 심정을 헤아리는 연암은 피눈물을 삼킨다. 사회 제도에 대한 비분강개가 하늘을 찌른다. 결미 자못 비장한 글로 형상화가 뛰어난 글이다. 영화의 마지막 장면처럼 의리의 두 친구가 이별을 하고 있는…. 함축적 긴 여운을 남긴다.

〈참고 문헌〉 ———————————————————————

고미숙 · 길진숙 · 김풍기: 『열하일기 上』(북드라망, 2018)

백철: 『문학개론』(신구문화사, 1956)

윤오영: 『고독의 반추』(관동출판사, 1975)

————: 『수필문학입문』(관동출판사, 1975)

이병기 · 백철: 『국문학전사』(신구문화사, 1981)

장덕순: 『한국수필문학사』(박이정, 1995)

정진권: 『고전산문을 읽는 즐거움』(학지사, 2002)

————: 『한국고전 수필선』(범우사, 2005)

————: 『한국수필문학사』(학연사, 2010)

조연현: 『개고 문학개론』(정음사, 1973)

조윤제: 『국문학사개설』(을유문화사, 1967)

고전수필의 맥을 잇는 현대수필 작법

『 북산루(北山樓) 』

의유당(意幽堂)

북산루(北山樓)는 구천각(九天閣)이란 데 가서보면 예사 퇴락한 누이라. 그 마루에 가서 구멍을 보니, 사닥다리를 놓았으니 다리로 거기를 내려가니, 성을 짜갠[1] 모양으로 갈라 구천각과 북루에 붙여 길게 싸아 북루에 가는 길을 삼고 빼어나게 누를 지었으니, 북루를 바라보고 가기 60여 보(步)는 하더라.

북루 문이 역시 낙민루 문 같으되 많이 더 크더라. 반공(半空)에 솟은 듯하고 구름 속에 비치는 듯하더라. 성의 담을 구천각으로부터 삐져나오게 누를 지었으니, 의사[2]가 공교[3]하더라.

그 문 속으로 들어가니 휘휘한 굴 속 같은 집인데 사닥다리를 놓았으니, 다리 위로 올라가니 광한전(廣寒殿)[4] 같은 큰 마루라. 구간 대

---

1) 쪼갠.
2) 의장(意匠).
3) 솜씨가 재치 있고 교묘함.
4) 달 속에 있다는 전각(殿閣).

청(九間大廳)⁵⁾이 널찍하고 단청 분벽(丹靑粉壁)⁶⁾이 황홀한데, 앞으로 내밀어 보니 안계(眼界) 헌칠하여⁷⁾ 탄탄한 벌이니⁸⁾, 멀리 바라보이는데 치마(馳馬)하는 터이기⁹⁾ 기생들을 시킨다 하되, 멀어 못 시키다.

동남편을 보니 무덤이 누누(屢屢)하여¹⁰⁾ 별 벌 듯하였으니¹¹⁾, 감창(感愴)¹²⁾하여 눈물이 나 금억(禁抑)지¹³⁾ 못하리러라. 서편으로 보니 낙민루 앞 성천강(城川江) 물줄기 게까지¹⁴⁾ 창일(漲溢)하고¹⁵⁾, 만세교 비스듬히 보이는 것이 더욱 신기하여 황홀히 그림 속 같더라.

풍류를 일시에 주(奏)하니¹⁶⁾ 대무관(大廡官) 풍류¹⁷⁾라. 소리 길고

---

5) 아홉 칸 마루.

6) 단청을 한 벽.

7) 눈에 보이는 시선이 넓고 시원스러워.

8) 벌판이니.

9) 말 타는 터이기에. 함흥 북쪽에 '치마대(馳馬臺)'가 있음.

10) 여러 겹으로 펼쳐져.

11) 별이 펼쳐지듯.

12) 슬픈 느낌이 들어. 感(감): 느낄 감. 愴(창): 슬퍼할 창.

13) 억눌러 금하지. 禁(금): 금할 금. 금하다. 抑(억): 누를 억. 어떤 마음이 일어나지 못하게 누르다.

14) 거기까지.

15) 물이 불어 넘치다. 漲(창): 불을 창. 물이 붇다. 溢(일): 넘칠 일. 물이 가득 차 넘치다.

16) 연주하니. 奏(주): 아뢸 주. 아뢰다. 음악의 한 곡.

17) 큰 고을의 음악 연주라는 뜻으로, 곧 규모가 크다는 말. 대무관은 큰 고을, 또는 큰 고을 원을 말함. 廡(무): 집 무. 집. 큰집, 규모가 큰 집.

화(和)하여 들음 즉하더라. 모든 기생을 쌍지어 대무(對舞)하여[18] 종일 놀고, 날이 어두우니 돌아올새, 풍류를 교전(橋前)에[19] 길게 잡히고 청사(靑紗) 초롱 수십 쌍을 고이 입은 기생이 쌍쌍이 들고 섰으며, 횃불을 관하인(官下人)이 수없이 들고 나니, 가마 속 밝기 낮 같으니, 바깥 광경이 호말(毫末)을 셀지라.[20] 붉은 사(紗)에 푸른 사를 이어 초롱을 하였으니, 그림자가 아롱지니 그런 장관이 없더라.

군문 대장(軍門大將)이 비록 야행(夜行)에 사초롱을 켠들 어찌 이토록 장하리요. 군악은 귀에 크게 들리고 초롱빛은 조요하니[21], 마음에 규중 소녀자(閨中少女子)임을 아주 잊히고, 허리에 다섯 인(印)[22]이 달리고 몸이 문무를 겸전한 장상(將相)으로 훈업(勳業)이 고대(高大)하여, 어디 군공을 이루고 승전곡(勝戰曲)을 주하며 태평 궁궐을 향하는 듯, 좌우 화광(火光)과 군악이 내 호기를 돕는 듯, 몸이 육마거(六馬車)중에 앉아 대로에 달리는 용약 환희(勇躍歡喜)하여[23] 오다가 관문에 이르러 아내(衙內) 마루 아래 가마를 놓고 장한 초롱이 군성(群星)

---

18) 가무를 하여. 舞(무): 춤출 무.

19) 다리 앞에. 橋(교): 다리 교.

20) 털끝이라도 셀 수 있을 만큼 밝음. 호말(毫末)은 털끝. 毫: 가는 털 호.

21) 밝게 비추니.

22) 도장. 관원의 신분을 나타내느라고 허리에 참.

23) 우쭐한 마음에 즐거워하며.

이 양기(陽氣)를 맞아 떨어진 듯 없으니,[24] 심신이 황홀하여 몸이 절로 대청에 올라 머리를 만져보니 구름머리 꿔온 것이 곱게 있고,[25] 허리를 만지니 치마를 둘렀으니, 황연(晃然)히[26] 이 몸이 여자임을 깨달아 방중에 들어오니 침선(針線) 방적(紡績)하던[27] 것이 좌우에 놓였으니 박장(拍掌)[28]하여 웃다.

북루가 불붙고 다시 지으니, 더욱 굉걸(宏傑)하고[29] 단청이 새롭더라.

채순상(蔡巡相)[30] 제공(濟恭)이 서문루(西門樓)를 새로 지어 호왈(號曰) 무검루(舞劍樓)라 하고 경치와 누각이 기(奇)하다 하니 한번 오르고자 하되 여염 총중(閭閻叢中)[31]이라 하기 못 갔더라. 신묘년(辛卯年) 시월 망일(望日)[32]에 월색이 여주(如畵)하고 상로(霜露)가 기강(旣降)하여[33] 목엽(木葉)이 진탈(盡脫)하니[34] 경치 소쇄(瀟灑)하고[35] 풍경

---

24) 많은 별들이 태양을 맞아 떨어진 듯 없으니.

25) 구름 같은 머리카락 장식이 그대로 곱게 있고.

26) 환히 깨닫는 모양. 晃(황): 밝을 황.

27) 바느질하고 길쌈을 하던. 績(적): 실 낳을 적.

28) 손바닥을 침. 拍(박): 칠 박. 掌(장): 손바닥 장.

29) 굉장하고 빼어나고. 宏(굉): 클 굉. 傑(걸): 뛰어날 걸.

30) 순찰사(巡察使)로 왔던 채제공. 순찰사는 각 도의 군대 사무를 순찰하는 벼슬.

31) 민가가 빽빽이 들어선 가운데.

32) 순조 31(1831)년 시월 보름날.

33) 서리와 이슬이 이미 내려. 霜(상): 서리 상. 露(로): 이슬 로. 旣(기): 이미 기. 降(강): 내릴 강.

34) 나뭇잎이 다 떨어지니. 盡(진): 다할 진.

이 가려(佳麗)하니,[36] 월색을 이용하여 누에 오르고자 원님께 청하니 허락하시거늘 독교를 타고 오르니, 누각이 표묘하여[37] 하늘가에 빗긴 듯하고 팔작(八作)이 표연(飄然)[38]하여 가히 볼만 하여, 월색에 보니 희미한 누각이 반공에 솟아 뜬 듯, 더욱 기이하더라.

누중(樓中)에 들어가니 육간(六間)[39]은 되고, 새로 단청(丹靑)을 하였으니 모모[40] 구석구석이 초롱대를 세우고 쌍쌍이 초를 켰으니 화광 조요하여 낮 같으니, 눈을 들어 살피매 단청을 새로 하였으니 채색 비단으로 기둥과 반자를 짠 듯하더라.

서편 창호(窓戶)를 여니, 누하에 저자[市場] 벌이던 집이 서울 외에 지물 가가(紙物假家)[41] 같고, 곳곳이 가잣집이 결어[42] 있는데, 시정(市井)들의 소리 고요하고 모든 집을 칠칠히[43] 결어 가며 지었으니, 높은

---

35) 맑고 깨끗하고. 瀟(소): 강 이름 소. 물이 맑고 깊다. 灑(쇄): 뿌릴 쇄. 물을 뿌리다.

36) 이름답고 수려하니. 麗(려) 고을 려. 곱다. 우아하다.

37) 아득하여.

38) 바람에 가볍게 나부끼는 모양. 여기서는 추녀의 모양이 하늘을 날을 듯 날씬함을 말함. 飄(표): 회오리바람 표.

39) 여섯 칸. 한 칸은 사방 여섯 자의 넓이.

40) 모퉁이마다. '모'는 모퉁이.

41) 종이 파는 가게. '가가(假家)'는 가게의 원말.

42) 늘어서.

43) 길게.

누상에서 즐비한 여염을 보니, 천호만가(千戶萬家)를 손으로 셀 듯하더라. 성루를 굽이돌아 보니 밀밀제제(密密濟濟)하기 경중 낙성(京中洛城)으로 다름이 없더라.[44)]

이런 웅장하고 거룩하기 경성 남문루(南門樓)[45)]라도 이에 더하지 아니 할지라. 심신이 용약하여 음식을 많이 하여다가 기생들을 실컷 먹이고 즐기더니, 중군(中軍)이[46)] 장한 이 월색을 띠어 대완(大宛)[47)]을 타고 누하문(樓下門)을 나가는데 풍류를 치고 만세교로 나가니 훤화가갈(喧譁呵喝)이[48)] 또한 신기롭더라. 시정(市井)이 서로 손을 이어 잡담하여 무리지어 다니니 서울 같아서, 무뢰배(無賴輩)의[49)] 기생의 집으로 다니며 호강을 하는 듯싶더라.

이날 밤이 다하도록 놀고 오다.

(우리 시대의 한국문학 11, 고전문학, 의유당관북 유람일기(초).
246~248쪽. 계몽사, 1998)

---

44) 집들이 빽빽하게 들어선 것이 한양과 다름이 없더라. 洛(낙): 강 이름 락. 강 이름. 지명.

45) 서울 남대문의 누각.

46) 각 군영의 대장.

47) 큰 말. 본래는 중앙아시아에 있던 나라 이름이나 그 곳에서 나는 큰 말을 이름.

48) 시끄럽게 떠들고 소리치는 모습. 喧(훤): 떠들썩할 훤. 譁(화): 시끄러울 화. 呵(가): 꾸짖을 가. 喝(갈): 꾸짖을 갈.

49) 건달들이.

┌ 직유법 묘사가 뛰어난 한글 고전 기행수필 ┘

학계에서는 '고전수필'이란 명칭을 아무런 저항 없이 받아들여 일상적으로 쓰고 있다. 아마도 '고전문학' 중에서 수필 문학을 지칭하는 이름이기 때문인 것 같다. 그러나 부산대학교 한태문 교수는 『국문학개론』에서 '古隨筆'이라 쓰고 있음도 참고할 일이다.(김광순 외15: 『국문학개론』 「제15장 古隨筆」(새문사, 2006)

일반적으로 한국 수필의 흐름을 '고전수필' → '근대수필' → '현대수필'로 이어지는 것으로 본다. 여기서 우리는 고전수필의 범위를 확정지어야 하는데, 그보다 선결 과제가 있다. 국문학의 정의를 어떻게 내리느냐의 문제가 그것이다. 무슨 말이냐 하면 한문학을 국문학에 포함시키느냐 마느냐의 문제인 것이다.

장덕순 교수의 『국문학통론』(신구문화사, 1960)에서 보면, '한문학은 국문학이 아니다.'라고 주장한 학자와 '한문학도 국문학이다.'라고 주장하는 학자로 갈렸다. 전자로는 天台山人, 김사엽, 李光洙 그리고, 〈우리어문학회〉 등이 대표적이다. 〈우리어문학회〉의 입장을 들어보자.

조선 사람이 지은 漢文이나 英詩가 우리 문학이 못 되었듯이 아무리 조선 사람의 작품이라도 漢文이나 漢詩는 국문학이라고는 말할 수 없을 것이다. 이같이 국어로 표현된다는 것은 국문학에 있어서 필수의 조건이 된다.

후자로는 "한문학도 국문학이다."라는 주장으로 학자로는 조윤제, 高○玉, 정병욱, 장덕순, 최강현 교수가 대표적이다. 장덕순 교수의 주장하는 바는 다음과 같다.

우리나라의 문자인 훈민정음이 창제되고, 또 그것으로 제법 문학 활동을 시작한 이후의 한문학 처리가 문제이지 훈민정음 등장 이전의 문학—借字文學이건, 漢字文學이건—은 실제에 있어서 그리 큰 문제는 아니라고 본다. 고유 문자 이전의 향가문학이건 한자문학이건 그것은 어엿한 국문학이 될 수 있다는 것이다.

국문학 개념 정의는 어렵고 힘든 일이지만 언젠가는 일단 짚어봐야 할 문제가 아닌가? 필자는 교육하는 입장이고 보니 장덕순 교수의 견해에 따른다. 그렇다고 모든 일이 다 해결된 것은 아니다. 만물은 변화한다. 시대도 변하여 지금은 세계가 하나인 지구촌이 되어가고 있다. 여기서 우리 문학도 그 표기가 한문(漢文)이냐 한글이냐의 문제만이 아니게 되어가고 있는 상황이 다가오고 있다.

지금은 한국문학의 세계화에 대해서도 눈을 뜰 때이다. 글로벌리즘(globalism)에 무조건 빠져들어서도 안 되겠지만 마냥 배격할 수만도 없는 상황이다. 이렇게 되면 어떤 언어로 썼느냐하는 문제는 지난날보다 결정적인 문제는 되지 않는다고 본다. 우리 작가들이 외국어 실력이 뛰어나 영어로 쓴 작품, 한문으로 쓴 작품, 프랑스어로 쓴 작품, 스페인어로 쓴 작품, 아랍어로 쓴 작품이 있다고 할 때, 이 작품을 어떻게 볼 것인가는 깊이 생각해 볼 일이 아닐까. 아이돌 가수가 부르는 노래는 서구의 음악을 우리화해서 소화하여 한류 열풍을 일으키고 있다. 시대가 그렇게 변하여 문화 쓰나미로 다가오고 있다. 이럴 때 우리 뿌리를 탄탄히 해야 하는 일은 당연하다. 내가 없으면 아무 것도 없게 된다. 지금 영어제국주의가 팽배하면서 한국어도 결국에는 먹힐 위험이 많다고 보는 학자도 있다.

고전수필의 상한선과 하한선을 긋는 문제가 남아 있다. 본 연구에서는 한글수필(국문수필)을 우선하여 다루고, 중등학교 교과서에 오르내리는 수필(한글·한문)을 다루었다. 이런 입장이니 학문적인 상·하한선 문제는 크게 신경을 안 써도 자연스럽게 해결된 셈이다.

'수필'이란 용어가 언제 우리 국문학에서 장르적 명칭으로 확정되어 쓰이게 되었을까. 다음 표를 보자. 오창익 교수의 연구에서 보면, 28,9년에 수필이란 단일 명칭이 정착하였음을 살펴본 적이 있다. 한태문 교수는 1925년 박종화의 「隨筆漫筆」 이후 수필이란 단일 명칭이 사용되기 시작하였다고 전거를 대고 있다.

학자	확정 연대	이론서	전거 문장
오창익	1928,9년	『수필문학의 이론과 실제』(나라. 1996. 241쪽)	25종의 유사 명칭들은 소멸 또는 부분 통합되어 〈수상〉, 〈만필〉, 〈감상〉, 〈수필〉 등의 4종류로 압축되었다가, 28,9년대에 가서야 사실상 〈수필〉이란 단일 명칭으로 정착하게 된다.
한태문	1925년	『국문학개론』(새문사, 2006. 4쇄. 376쪽)	1920년을 전후해서 '感想·想華·漫筆·斷想' 등으로 불리다가 1925년 박종화의 〈隨筆漫筆〉 이후 수필이란 단일 명칭이 사용되기 시작하였다.

본 연구 대본인 「북산루(北山樓)」는 200자 원고지 12장 분량이다. 여정에 따르면 〈북산루〉→〈횃불놀이〉→〈귀가〉↔〈서문루〉의 4곳이요, 문단으로 말하면 12문단으로, 그 중 한 문장의 문단이 두 문단―7문단과 결말인 12문단―이 있다. 총 문장 수는 25문장이요,

여기에 동원된 비유(직유)는 모두 24곳이다. 한 문장에 한 번 이상의 비유가 쓰인 셈이다.

「북산루」의 큰 특징은 이렇게 군데군데 적절한 비유가 동원되어 생생하고 섬세하게 묘사한 작품이라는 데 있다고 하겠다. 고전수필로 한글수필이요, 기행수필이다. 이렇게 많은 비유가 동원되었다는 점이 단순한 기행문이 아니고 기행수필문학이게 한 요인이겠다. 모든 예술은 주제에 대한 비유적 창작이다.

「북산루」의 소재는 북산루와 서문루 그리고 횃불놀이다. 작자가 여기서 길어낸 주제는 소재에서 느낀 장관과 감회가 되겠다. 이 작품은 공간 이동에 따른 구성이다. 곧 〈북산루〉→ 〈횃불놀이〉→ 〈귀가〉→ 〈서문루〉로 이동하고 있다. 이동하면서 만나는 소재의 모습과 주변 경관 등이 시각적 이미지로 묘사되었다. 기행수필로서 여정이 잘 나타나 있다.

여정	단락	부터~까지	주제	문장수	비유수	비유
북산루	1	북산루(北山樓)는 ~60여 보(步)는 하더라.	북산루의 위치 묘사와 특징	2	1	"성을 짜갠 모양으로 갈라"
	2	북루 문이 역시~의 사가 공교하더라.	북루문의 공교한 모습	3	3	"낙민루 문 같으되" "반공(半空)에 솟은 듯하고" "구름 속에 비치는 듯하더라"

여정	단락	부터~까지	주제	문장 수	비유 수	비유
북산루	3	그 문 속으로 들어가니~멀어 못 시키다.	북루문과 북산루 안의 모습	2	2	"휘휘한 굴 속 같은 집인데" "광한전(廣寒殿)같은 큰 마루라."
	4	동남편을 보니~그림 속 같더라.	북산루에서 바라본 경관	2	2	"무덤이 누누(屢屢)하여 별 별 듯하였으니" "더욱 신기하여 황홀히 그림 속 같더라"
횃불놀이	5	풍류를 일시에 주(奏)하니~그런 장관이 없더라.	귀로에서 본 횃불 놀이의 장관	4	1	"가마 속 밝기 낮 같으니"
귀가	6	군문 대장(軍門大將)이~박장(拍掌)하여 웃다.	귀가 후의 감회	3	4	"야행(夜行)에 사초롱을 켠들 어찌 이토록 장하리요." "승전곡(勝戰曲)을 주하며 태평 궁궐을 향하는 듯" "좌우 화광(火光)과 군악이 내 호기를 돕는 듯" "群星이 양기(陽氣)를 맞아 떨어진 듯 없으니"
북루	7	북루가~단청이 새롭더라.	북루의 감회	1	0	
서문루	8	채순상(蔡巡相) 제공(濟恭)이~더욱 기이하더라.	서문루의 모습과 새로한 단청 묘사	2	3	"월색이 여주(如晝)하고" "누각이 표묘하여 하늘가에 빗긴 듯하고" "희미한 누각이 반공에 솟아 뜬 듯"

여정	단락	부터~까지	주제	문장 수	비유 수	비유
서문루	9	누중(樓中)에 들어가니 ~반자를 짠 듯하더라.	서문루의 모습 묘사	1	2	"초를 켰으니 화광이 조요하여 낮 같으니" "채색 비단으로 기둥과 반자를 짠 듯하더라"
	10	서편 창호(窓戶)를 여니~다름이 없더라.	서문루 서편의 경관	2	3	"서울 외에 지물 가가(紙物假家) 같고" "천호만가(千戶萬家)를 손으로 셀 듯하더라" "밀밀제제(密密濟濟)하기 경중 낙성(京中洛城)으로 다름이 없더라"
	11	이런 웅장하고 거룩하기~호강을 하는 듯싶더라.	서문루 주변 풍경과 감회	4	3	"이런 웅장하고 거룩하기 경성 남문루(南門樓)라도 이에 더하지 아니 할지라." "시정(市井)이 서로 손을 이어 잡담하여 무리지어 다니니 서울 같아서" "무뢰배(無賴輩)의 기생의 집으로 다니며 호강을 하는 듯싶더라."
귀가	12	이 날 밤이 다하도록 놀고 오다.	밤늦게까지 놀다 귀가함	25	24	

서두 문단의 시작을 보면 보통 솜씨가 아니다. 아무런 군더더기 없이 바로 "북산루(北山樓)는 구천각(九天閣)이란 데 가서 보면 예사 퇴

락한 누이라."라고 했다. 현대 기행수필에서도 이런 서두 처리를 보기가 힘들다. 의유당의 기행수필만 연구했더라면 우리의 기행수필은 많은 명작을 남겼을 것이라는 생각이 든다. 고전수필의 맥을 잇지 못하고 방황한 지난 100여 년이 아깝기만 하다. 또 둘째 문장은 어떤가. 북산루의 위치를 구천각의 마루에서부터 자세히 묘사하고 있지 않은가. "더욱 신기하여 황홀히 그림 속 같더라."는 글쓴이의 감상이 잘 드러난 부분이다.

귀로에서 본 횃불놀이의 장관을 보자. "붉은 사(紗)에 푸른 사를 이어 초롱을 하였으니, 그림자가 아롱지니 그런 장관이 없더라."의 표현은 색채와 명암이 빚어내는 장관을 묘사하고 있지 않은가. 또 "풍류를 일시에 주(奏)하니 대무관(大廡官) 풍류라. 모든 기생을 쌍지어 대무(對舞)하여~바깥 광경이 호말(毫末)을 셀지라."에서는 흥겨운 귀로의 모습을 짐작할 수 있고, 귓갓길에 풍류를 연주하는 악공과 기생이 뒤따른다는 점에서 보면 작가가 상류 계층임을 짐작할 수 있다.

행렬이 끝나고 방안에 들어와서 자신의 모습을 보고 실소하기도 한다. "황연히 이 몸이 여자임을 깨달아 방중에 들어오니 침선(針線) 방적(紡績)하던 것이 좌우에 놓였으니 박장(拍掌)하여 웃다."가 그것이다.

귀가 하였다가 서문루를 찾아간다. 여기서는 서문루의 모습과 새로 한 단청을 묘사하고 있다. 글의 첫머리에서 북산루를 찾을 때는 글을 쓰게 된 동기랄까, 창작 발상은 나타나지 않았으나, 서문루에서는 잘 드러나고 있다. 즉 "경치와 누각이 기(奇)하다 하니 한번 오르고자 하되"와 "경치 소쇄(瀟灑)하고 풍경이 가려(佳麗)하니, 월색을 이용하여 누에 오르고자"가 그것이다. 여기서 하나 유의할 일은 플롯화 되지 않은 흔적이 보인다는 점이다. 귀가 하였다가 다시 북산루를 보러 떠나는 구성이 그렇다는 말이다.

이제 전체적으로 작품의 특징을 살펴보고 논의를 마감하자. 어휘 선택에서 순우리말이 많이 쓰였음을 알 수 있다. 즉 빼어[빼어나게], 휘휘한[쓸쓸하고 적막한], 내밀어[내밀다], 탄탄한 벌이니[벌판이니], 게가지[거기까지], 귀를 이아이고[귓전에 쟁쟁하고], 고아 잇고[곱다]…등이다. 이렇게 순우리말을 적절히 사용하여 생동감 있게 표현하였다. 문장마다 적절한 비유(직유)를 사용하여 체험적 자연의 경관의 내용을 섬세하게 묘사하였다. 작가가 자신의 느낌을 솔직하게 표현하여 자유분방한 의지가 돋보이기도 했다.

이 작품은 이미 있는 것─북산루·서문루·횃불놀이 등─을 형상적으로 표현하였으나 존재화하지는 않은 직유법으로 표현한 창작적인 기행수필이다. 여기서 창작적이라는 개념은 창작 방법을 원용하여 어떤 존재론적 새로운 대상을 형상화 하는 것이 아니라, 작가가 말하고자 하는 주제를 일관된 논리적 서술이 아닌 형상적 서술을 통해서 독자에게 접근한다는 〈서술 방법상의 개념〉인 것이다.(『창작에세이』 26호 110쪽.)

우리 고전수필은 전문적인 연구가 없다시피 하여 고전수필론이 아직 없다. 고전수필도 현대문학이론으로 작품 분석을 하고 있는 실정이다. 고전수필의 맥을 잇는 현대 수필론이 하루빨리 나오기를 바란다. 고전수필의 맥을 이어 근대수필이나 현대수필이 튼튼한 우리 수필 이론으로 꿰어져야 하겠다. 뿌리 없는 문학은 문학이 아니다. 〈한국 수필문학의 흐름〉을 한눈에 볼 수 있는 날을 기대한다.

〈참고 문헌〉

김광순 외:『국문학개론』(새문사, 2006)

김춘식:『우리시대의 한국문학 11』(계몽사, 1998)

남광우:『古語辭典』(일조각, 1975)

오창익:『수필문학의 이론과 실제』(나라, 1996)

이관희:『산문의 시』26호(비유, 2017)

———:『창작에세이수필학 원론』(비유, 2017)

장덕순:『국문학통론』(신구문화사, 1960)

———:『한국수필문학사』(박이정, 1995)

정진권:『고전산문을 읽는 즐거움』(학지사, 2002)

최강현:『학생을 위한 한국고전수필문학』(휴먼컬처아리랑, 2014)

———:『한국수필문학신강』(박이정, 1998)

하성욱 외:『고전산문의 모든 것』(꿈을 담는 틀, 2007)

고전수필의 맥을 잇는 현대수필 작법 ─────────────────────

13. 4단 구성으로 삶을 성찰한 고전수필

수오재기(守吾齋記) / 다산(茶山) 정약용(丁若鏞)

『수오재기(守吾齋記)』

다산(茶山) 정약용(丁若鏞, 1762~1836)

'수오재(守吾齋, 나를 지키는 집)'라는 이름은 큰 형님(정약현) 자신의 집에 붙인 이름이다. 나는 처음에 이 이름을 듣고 이상하게 생각하였다.

'나와 굳게 맺어져 있어 서로 떨어질 수 없는 가운데 나보다 더 절실한 것은 없다. 그러니 굳이 지키지 않더라도 어디로 가겠는가. 이상한 사람이다.'

내가 장기로 귀양 온 뒤에 혼자 지내면서 가끔 생각해 보다가 하루는 갑자기 이 의문에 대한 해답을 얻게 되었다. 나는 벌떡 일어나 이렇게 말하였다.

"천하 만물 가운데 지킬 것은 하나도 없지만 오직 나만은 지켜야 한다. 내 밭을 지고 달아날 자가 있는가. 밭을 지킬 필요가 없다. 내 집을 지고 달아날 자가 있는가. 집도 지킬 필요가 없다. 내 정원의 여러 가지 꽃나무와 과일 나무들을 뽑아갈 자가 있는가. 그 뿌리는 땅속에 깊이 박혔다. 내 책을 훔쳐 없앨 자가 있는가. 성현의 경전이 세상에 퍼져 물이나 불처럼 흔한데, 누가 능히 없앨 수가 있겠는가. 내 옷이나 양식을 훔쳐서 나를 궁색하게 하겠는가. 천하에 있는 실이 모두 내가 입을 옷이며, 천하에 있는 곡식이 모두 내가 먹을 양식이다. 도둑이 비록 훔쳐 간대야 한두 개에 지나지 않을 테니 천하의 모든 옷과 곡식을 없앨 수 있으랴. 그러니 천하 만물은 모두 지킬 필요가 없다.

그런데 오직 나라는 것만은 잘 달아나거니와 드나드는 데 일정한 법칙도 없다. 아주 친밀하게 붙어 있어서 서로 배반하지 못할 것 같다가도 잠시 살피지 않으면 어디든지 못 가는 곳이 없다. 이익으로 꾀면 떠나가고, 위험과 재앙이 겁을 주어도 떠나간다. 마음을 울리는 아름다운 음악 소리만 들어도 떠나가며, 까만 눈썹과 하얀 이(丹脣皓齒)를 가진 미인의 요염한 모습만 보아도 떠나간다. 한 번 가면 돌아올 줄 모르고 붙잡아 만류할 수도 없다. 그러니 천하에 나보다 더 잃어버리기 쉬운 것은 없다. 어찌 실과 끈으로 매고 빗장과 자물쇠로 잠가서 나를 굳게 지켜야 하지 않으리오."

나는 나를 잘못 간직했다가 잃어버렸던 자다. 어렸을 때에 과거(科擧)가 좋게 보여서 십 년 동안이나 과거 공부에 빠져 들었다. 그러다가 결국 처지가 바뀌어 조정에 나아가 검은 사모관대(벼슬아치가 입던 옷과 모자)에 비단 도포를 입고, 십이 년 동안이나 미친 듯이 대낮에 큰 길을 뛰어다녔다. 그러다가 또 처지가 바뀌어 한강을 건너고 새재를 넘게 되었다. 친척과 선영(선산)을 버리고 곧바로 아득한 바닷가의 대나무 숲에 달려와서야 멈추게 되었다. 이때에는 나도 땀이 흐르고 두려워 숨도 쉬지 못하면서 나의 발뒤꿈치를 따라 이곳까지 함께 오게 되었다. 내가 나에게 물었다.

"너는 무엇 때문에 여기까지 왔느냐? 여우나 도깨비에게 홀려서 왔느냐, 아니면 바다귀신이 불러서 왔느냐, 네 가정과 고향이 모두 초천에 있는데 왜 그 본바닥으로 돌아가지 않느냐?"

그러나 나는 끝내 멍하니 움직이지 않고 돌아갈 줄을 몰랐다. 그 얼굴빛을 보니 마치 얽매여 돌아가고 싶어도 돌아가지 못하는 것 같았다, 그래서 결국 붙잡아 이곳에 함께 머물렀다.

이때 둘째 형님 좌랑공(둘째형 정약전)도 '나'를 잃고 '나'를 쫓아 남해 지방으로 왔는데 역시 '나'를 붙잡아서 그곳에 함께 머물렀다.

오직 나의 큰 형님만이 '나'를 잃지 않고 편안히 단정하게 수오재에 앉아 계시니, 본디부터 '나'를 지키고 '나'를 잃지 않았기 때문이 아니겠는가. 이것이 바로 큰 형님 집에 '수오재'라고 이름 붙인 까닭일 것이다. 큰 형님은 언제나,

"아버님께서 내게 태현이라고 자를 지어 주셔서 나는 오로지 '나의 태현'을 지키려고 했다네. 그래서 내 집에 그렇게 이름을 붙인 거지."

라고 하지만 이는 핑계 대는 말씀이다.

맹자가 "무엇을 지키는 것이 큰가? 몸을 지키는 것이 가장 크다."

라고 하였으니 이 말씀이 진실하다. 내가 스스로 말한 내용을 써서 큰 형님께 보이고 수오재의 기(記)로 삼는다.

(정약용 외, 국어과 선생님이 뽑은 문학읽기 31,

한국 고전수필 모음, 북앤북)

『 4단 구성으로 삶을 성찰한 고전수필 』

『수오재기(守吾齋記)』는 다산 정약용(1762~1836)의 한문 고전 수필이다. '수오재'는 정약용(丁若鏞)의 맏형인 정약현(丁若鉉, 1751~1821)이 자신의 집에 붙인 당호(堂號)다. '나를 지키는 집'이라는 뜻이다. 둘째 형은 정약전(丁若銓, 1758~1816)이다. 4살 터울이었지만 지기(知己)요, 멘토(Mentor)의 한 분이다. 일찍이 정약용에게는 두 사람의 멘토가 있었다. 첫째 멘토는 정약용을 인재로 알아보고 깊은 신임을 주었던 조선의 제22대왕 정조였다. 정조 임금의 신임을 받던 분이 어떻게 귀양살이 신세가 되었을까? 그 사건은 신유사옥(辛酉邪獄)—조선 순조 원년 (1801)인 신유년에 있었던 가톨릭교 박해 사건이었다. 중국에서 세례를 받고 돌아와 전교하던 이승훈(李承薰)이 매부였고, 정약종이 셋째 형이었다. 남인(南人)에 속한 이들 신자 등이 사형에 처해졌다. 정약전과 다산은 신유사옥이 일어나자 처음에는 완도군 신지도(薪智島)와 경상도 장기에서 귀양 살다가, 다시 황사영 백서 사건으로 서울에 잡혀 올라와서 조사를 받고 약전은 흑산도(黑山島)로, 다산은 강진으로 이배(移配)되었다. 약전은 흑산도(黑山島)에서 병으로 죽었다. 그동안 자산어보(玆山魚譜)를 남겼다.『유배지에서 온 편지』(박석무 편역)에는 두 아들에게 부치는 편지에 둘째 형님을 회상하는 구절이 나온다. 6월 초엿샛날은 바로 어지신 둘째형님(정약전)께서 세상을 떠나신 날이다. 외롭기 짝이 없는 이 세상에서 다만 손암(巽庵) 선생만이 나의 지기(知己)였는데 이제는 그분마저 잃고 말았구나. 사람이 자기를 알아주는 지기가 없다면 이미 죽은 목숨보다 못할 것이라고 쓰고 있다. 형제가 귀양살이 가는 길에 율정(栗亭)이라는 나주읍의 주막거리에서 마지막 이별을 했다. 그러니까 이배(移配)되어 가는 길에 이곳에서 생시 마지막으로 이별했다. 율정은 현재 동신대학에서 삼도면으로 가는 도중의 '반남정'이라는 마을이다. 행정구역으로는 대호동이다.(유배지에서 보낸 편지 33쪽)

조선 500년 역사에 두 천재가 25년 터울로 태어났다. 연암 박지원(1737~1805)과 다산 정약용(1762.6.16.~1836.2.22.)이다. 연암은『열하일기』요, 다산은『목민심서(牧民心書)』가 대명사다. 정인보의 말을 빌리면, 다산은 천신만고의 외로움 속에서, 한자(漢字)가 생긴 이래 가장 많은 저술을 남긴 대학자다. 일표이서(一表二書:『經世遺表』·『牧民心書』·『欽欽新書』) 등 모두 500여 권에 이르는 방대한 저술을 남겼어도 범인들은 관리들의 지침서인 『목민심서(牧民心書)』를 떠올린다. '심서(心書)'라 한 것은 무슨 까닭인가? 목민할 생각은 있으나 몸소 실행할 수 없기 때문에 '심서(心書)'라 이름 지은 것이다.(다산연구회: 『精選 목민심서』를 내며) "귀양살이 하는 사람이 다른 섬으로 옮겨가려는데 본디 있던 곳의 사람들이 길을 막으며 더 있어 달라고 했다는 말은 우리 형님 말고는 들은 적이 없다." 두 아들에게 부치는 편지 글에서 둘째 형님을 회상하는 말이다.

두 명의 천재가 18세기 조선의 르네상스를 빛냈다. 연암은 노론 명문가 출신으로 과거를 멀리했다. 문장은 열하일기에서부터 시작되었고, 열하일기는 문체 혁명과도 무관하지 않다. 문장은 갈 데까지 갔다. 뒤에 문장이 없다. 열하일기는 재미있으며 독보적이다.

다산은 남인 관료다. 박람강기요 직언직구다. 후학들이 힘들다. 두 분 태두(泰斗)가 한 번도 만난 적 없다고 한다. 만났더라면 또 어찌되었을까? 만날 법도 했을 텐 데 못 만났다니 신기하기까지 하다. 다만 목민심서에 『열하일기』가 언급되었다고 하는데 확인하지는 못했다. 태두였던 두 분은 같은 실학에서도 방향이 약간 다르다. 같으면서도 다른 두 천재! 연암(燕巖)을 '원심력'이요, 다산(茶山)은 '구심력'이라고나 할까?

『수오재기(守吾齋記)』의 문체는, 「죽루죽기(竹樓竹記)」나 「일야구도하기(一夜九渡河記)」와 같은 기(記)다. 앞에서 살폈던 기(記)를 다시 보자. "어떤 일을 잊지 않기 위해 기록해 두는 데서 출발한 문장이다. 이를 테면 건축물을 짓거나 수리한 연월 · 건축자 · 비용의 대강 등을 기록하고, 일의 진척 사항을 기술한 후, 대략을 의론식으로 끝맺음한 문장 등이 바로 그것이다."(권호) 「슬견설(虱犬說)」, 「이옥설(理屋說)」, 「차마설(借馬說)」의 설(說)과 차이는 무엇일까? "설(說)은 구체적인 사물이나 사건의 이치를 밝히고 자신의 의견을 서술하는 갈래다. 특히 이치에 따라 사물을 해석하고[解], 시비를 밝히면서 자기의 의견을 설명하는[述] 형식의 한문체라 할 수 있다. 설은 일반적으로 사실(예화) + '의견(주제)'의 구성을 취하며, 온갖 말을 사용하여 자세히 논술하는 것이 특징이다. 비유(比喩)나 우의적(寓意的)표현 방법을 주로 사용한다.

여기서 기(記)와 설(說)의 풀이로 미루어 보면, 기(記)는 사실에 충실하게 '기록'하는 데에 방점이 찍힌다면, 설(說)은 구체적인 사물의 이치를 밝히고 '설명'하는 데 중점을 두는 글이 아닌가 한다.

서두에서 밝혔듯이 『수오재기(守吾齋記)』는 한문 고전수필이다. 상당히 교훈적이요 비판적인 글이다. 글의 제재는 '수오재(守吾齋)'

라는 당호가 되겠다. 주제는 '본질적 자아를 지키는 것의 중요성'쯤
으로 생각할 수 있다. 구성은 기(起)—승(承)—전(轉)—결(結)의 4단 구
성이다.

단계	부터~ 까지	소주제	비고
기(起)	처음('수오재(守吾齋)'라는 이름은 ~ 이상한 이름이다.	'수오재(守吾齋)'라는 당호를 이상하게 생각함.	발단
승(承)	내가 장기로 귀양 온 뒤에 ~ 나를 굳게 지켜야 하지 않으리오.	'나'를 지켜야 하는 이유를 깨달음.	전개
전(轉)	나는 나를 잘못 간직했다가 ~ 역시 나를 붙잡아서 그곳에 함께 머물렀다.	귀양 와서야 본질적 자아를 되찾음.	위기·절정·전환
결(結)	오직 나의 형님만이 나를 잃지 않고 ~ 끝(수오재의 기(記)로 삼는다.	「수오재기」를 쓰게 된 이유.	대단원

　구성(構成)은 기(起)—승(承)—전(轉)—결(結)의 4단 구성으로 우리
에게는 너무나도 익숙한 용어다. 그러나 현대문학 이론의 용어는 아
니다. 현대문학 이론으로 말하면 '플롯의 단계(段階)'라 하겠다. 아리스
토텔레스가 『詩學』(Poetica)에서 '처음[始]—중간[中]—끝[終]'의 법칙
을 말한 이래 희곡이나 소설뿐만이 아니라 모든 장르에서 쓰이고 있
다. 구성이란 보통 Plot이라 하는 것으로, 달리는 '짜임새' 또는 '이야
기의 줄거리'로도 이해되고 있다. '처음[始]—중간[中]—끝[終]'의 설명

을 좀 더 들어보자. 아리스토텔레스가 플롯을 문학, 특히 희곡문학의 가장 중요한 부분으로 전제하였다는 것은 주지의 사실이다. "플롯은 개별적 행위들의 종합"이라고 그는 정의 하였다. 그러니까 플롯은 부분들로 하여금 전체를 이루게 하는 근본원리라고 볼 수 있는 것이다. "비극의 제일 원리, 즉 비극의 영혼은 플롯"이라 했다. 그의 전체(완전한 사물)에 대한 정의를 여기서 다시 보자.

하나의 전체는 처음, 중간, 끝이 있는 것이다. 처음은 필연적으로 그 앞에 아무 것도 따르지 않되, 그 뒤에는 다른 것이 자연히 따르는 것을 말하고, 끝은 그와 반대로 필연적으로 다른 어떤 것을 따르되 그 뒤에는 아무 것도 따르지 않는 것을 말하며, 중간은 무엇을 따르고, 동시에 뒤에 무엇이 따르는 것을 말한다. 그러므로 플롯을 엮는 사람은 아무데서나 시작할 수도, 끝낼 수도 없다.(이상섭:『문학이론의 역사적 전개』(연세대학교 출판부, 2002, 166쪽)

나는 수필을 공부하기 시작하면서 창작 개념을 말할 때 등장하는 "존재의 총계에 부가"라는 말을 이해하지 못했다, '시에 속하는 문학'이란 말과 함께. 이제야 그 뜻하는 바를 깨쳤으니 반세기 가까이 세월을 보낸 뒤에 알게 된 개념이기도 하다. 무슨 얘기냐 하면 내가 조연현

교수의 『개고 문학개론』을 수중에 넣은 것이 1975년이다. 그런데 책
장에 방치되어 잠자코 있었다. 그러다가 내가 창작수필 공부를 시작
하면서 책장에서 다시 꺼내 읽게 되었다.

> 창작 문학은 시에 속하는 문학으로 그 문장 형식 여하를 불
> 구하고 〈존재의 총계에 부가〉하는 창조적인 문학이 된다.(조연
> 현:『改稿 문학개론』(정음사, 1973.10.10. 46쪽)

잠자던 책을 다시 꺼내 보니 '시에 속하는 문학'과 〈존재의 총계에
부가〉에 밑줄도 쳐져 있었다. 이해는 할 수 없었지만 중요한 개념이
란 느낌이 있었던 모양이다. 선배나 스승도 없이 독학(獨學)을 하다 보
니 그랬던 것이기도 하지만 수필계 분위기가 그런 걸 거론하지도 않
았다. 누구에게 딱히 물어볼 수도 없었다. 그런 내용을 쉽게 설명해 줄
만한 이론서도 만나지 못했다. 그러다가 내 수필 「간고등어」가 『현
대수필』(윤재천: 2013 봄호)에서 이관희 평론가의 비평을 받게 되었
다. 평문을 읽어보니 여태까지의 평문(評文)과는 달랐다. 그 후 이관
희 선생을 모시고 전국에서 6사람—김귀선, 송복련, 오덕렬, 윤명희,
은종일, 피귀자—이 대전에서 모여 창작수필 비평 공부를 하게 되었
다. 그때 이관희 선생의 저서 『창작문예수필이론서』와 『형상과 개념』
을 접하게 되기도 했다. 공부를 하면서, 나는 창작수필론—조연현『改

稿 문학개론』을 중심으로—)등을 쓰기도 했다. 창작수필론을 쓰면서 그동안 몰랐던 현대문학 이론을 알게 되었다. 2013년 이후의 일이니 딱 40년만이다. 그래서 ≪광주교실≫에서 함께 공부하는 회원들에게 웃음엣말을 하기도 했다. "나는 반평생 만에 겨우 알게 된 사실을 한 시간에 다 말해버리네"하며 서로 웃었다.

위의 인용문에서는 창작이란 말에 관한 두 가지 중요한 뜻을 말하고 있다. 첫째, '시에 속하는 문학'이다. 이 말은 창작문학을 뜻한다. 창작의 본질은 '詩'(시적 창조 정신, poetry)라는 것이다. 한 마디로 시는 대상을 비유화(化)하는 일이라 할 수 있다. 즉 시는 비유(은유·상징)라는 것이다. 따라서 문학 창작론은 시론(詩論)이고, 시론은 비유 창작론이라고 할 수 있다. 그러므로 창작론을 공부하기 위해서는 시창작론을 공부해야 된다. 윤오영 선생이 말한 "수필을 이해하지 못 하고 시를 쓸 수는 있어도, 시를 이해하지 못하고 수필을 쓸 수는 없다."(『수필문학입문』, 관동출판사, 1975, 192쪽)는 말이 이해된다.

둘째, '존재의 총계'란 말이다. 창작은 존재(사물)를 창작하는 일이라는 사실이다. 그러니까 '존재의 총계'란 '조물주(조화옹·자연·神)가 창조한 삼라만상의 합을 말하는 것이다. 그러나 문학에서 창작할 수 있는 존재(사물)는 신적인 창조가 아니다. 문학이 할 수 있는 창조는 상상적 존재일 뿐이다. 상상적 존재는 형상(形像)으로만 존재할 수 있다. 그러므로 문학이 창작하는 존재(사물)는 '형상적 존재'가 되는 것이다.

이렇게 창작론에는 신적 창조론이 전제되어 있는 것이다. 조물주는 사물을 낱낱이 존재하게(being·exist) 창조하지만 인간은 그럴 수가 없다. 인간이 만드는 창작은 오직 문장을 통해서 형상화할 수밖에 없는 일이다. 문학은 구체적으로 형상(形象)이다. 작가가 인식을 하고, 사고한다는 것은 과학자나 철학자에서와 같이 개념(槪念)으로써 하는 것이 아니고, 형상(形象)으로써 한다는 사실이다.(백철:『문학개론』(신구문화사, 1956)

수필의 창작문학화 과정을 들여다보자. 몽테뉴의 『에세』(Essais, 1580)는 창작이 아닌 일반산문문학이다. 이것이 영국으로 건너가 찰스 램의 창작·창작적인 수필집,『엘리아 수필집』(1823)이 나오기까지는 250년이 걸렸다. 그후 다시 오늘 날까지 2백년이 흘렀다. 그러나 수필문학 이론은 조연현 교수가 말한 〈수필은 창작적인 변화가 용인되는 문학〉이라는 데서 머물러 있었다. 그러다가 이관희 평론가의 저서 『창작문예수필이론서』(청어, 2007)에서 수필의 진화는 마침내 새로운 창작문학 양식인 〈창작문예수필(창작수필·산문의 詩)〉 문학으로까지 진화하여 나타났다. 여기에 오덕렬의 『수필의 현대문학 이론화』(월간문학 출판부, 2016)와 『창작수필을 평하다』(풍백미디어, 2020)가 출간되면서 한국 수필계에 '창작' 문학이론이 빠르게 확산되고 있다.

문학 창작이란 구성작업이라 해도 과언이 아니다. 문학의 구성 작업은 아리스토텔레스의 『시학(詩學)』에서부터 논의 되어온 문학 창작의 본질적 방법이다. 아리스토텔레스에 의하면 문학이란 사실의 소재를 가지고 플롯작업을 통해서 〈있었던 사실(역사)〉를 〈있을 법한 이야기〉, 즉 개연성(蓋然性)의 세계를 만들어내는 작업이라는 것이다. 그러니까 사실의 소재가 구성 작업을 통해서 새롭게 태어날 때는 더 이상 사실의 소재가 아닌 창조물이 되어 나타난다. 그것은 〈있었던 사실〉이 아닌 〈있을 법한 사실〉로 이미 변한 것이다.

문학 창작이란 무엇인가? 은유를 만들어 내는 일이다. 은유는 창작의 세계란 말이다. 창작수필의 창작 개념은 사실의 소재에 대한 '구성적 비유(은유·상징)의 존재론적 형상' 창작이다. 〈이것저것 놀이〉는 은유를 찾아 창작하는 창작 공식(?) 같은 것이다. 〈산문의 詩〉는 집중적으로 은유를 창작하는 특징을 가지고 있다. 소재 발견에서부터 은유를 동반하는 창작 놀이이기 때문에 〈산문의 詩〉는 별 어려움이 없이 창작권에 들어서는 것이다.

호메로스는 플롯을 만들었기 때문에 시인이고, 엠페도클레스는 그 철학 사상을 단지 운문으로 서술한 까닭에 시인이 될 수 없다고 말한 사람은 아리스토텔레스이다. 플롯을 만들어야 창작문학이 되는 것이고, 단지 운문으로만 쓰면 창작 작가가 될 수 없다는 말이다.

문장은 그것을 형식상으로 구별하면 율문(律文=운문)과 산문(散文)이 된다. 이러한 문장의 형식적인 구별은 오늘에 와서는 전혀 그 의미를 상실하고 말았다. 문장은 그 성질로서 이해하지 않으면 안 되기 때문이다. 이러한 문장의 성질상의 구별로서는 〈창조적인 문장〉과 〈토의적인 문장〉이 있다. 이것은 전자가 창작 문학을 표현하는 문장 양식임을 말하고, 후자가 산문 문학을 표현하는 문장 양식임을 표현한다. 토의적인 문장은 사실의 지적, 설명, 논리적인 정리와 질서라는 방식으로 써도 충분히 나타낼 수 있으나, 창조적인 문장은 소설이나 창작수필에 있어서와 같이 모든 것이 묘사로써만 나타나고 서정시에 있어서와 같이 정서와 감정의 표현으로써만 나타나지 않을 수 없다. 조연현 교수의 소론(所論)을 따라 두 문장 형식의 일반적인 특징을 들어보자.

창조적인 문장	토의적인 문장
○ 구체적인 문장 ○ 감각적인 문장 ○ 대상을 될 수 있는 대로 구체적·감각적으로 설명하여 그 대상의 완전한 형상(形象)에 접근하려는 방향.	○ 개념적인 문장 ○ 추상적인 문장 ○ 대상을 개념적·추상적으로 설명하여 그 대상의 완전한 내용에 접근하려는 방향.

이상에서 본 바와 같이 구성 하나만 깊이 연구해도 창작문학의 길이 훤히 보인다. 우리의 현실은 고전 문학을 연구하지도 않았고, 현대 문학 이론도 거들떠보지 않았다. 그래서 갑오개혁 이후 우리 수필은 지난 한 세기 암흑의 역사였다. 수필의 창작문학화는 타 장르보다 한 세기 이상 늦은 것이다. 이를 극복하며 창작수필문학의 시대를 열려면 열심히 공부하는 길밖에 딴 길이 없겠다.

"비극의 영혼은 플롯"이라 했다. 플롯을 오래 들여다보고 창작수필을 쓰도록 노력하자. 소재를 오래들여다 보면 시가 된다고 했다. 정약용이 강진 유배지에서 아들, [학연에게 부치노라 1]에서 「시는 나라를 걱정해야」의 한 구절을 소개하면서 평을 마치고자 한다.

"두보의 시는 역사적 사건을 시에 인용하는 데 있어서 흔적이 보이지 않아 스스로 지어낸 것 같지만, 자세히 살펴보면 다 출처가 있으니 두보야말로 시성(詩聖)이 아니겠느냐?"

〈참고 문헌〉 ────────────────────

김경란 엮음·유진희 그림:『우리 옛 수필』(한국톨스토이, 2008)

오덕렬:『수필의 현대문학 이론화』(월간문학 출판부, 2016)

윤오영:『수필문학입문』(관동출판사, 1975)

이관희:『창작문예수필이론서』(청어, 2007)

──────:『형상과 개념』(비유, 2010)

이상섭:『문학이론의 역사적 전개』(연세대학교출판부, 2002)

정약용 지음·다산연구회 편역:『精選 목민심서』(창비, 2015)

────── 지음·박석무 편역:『유배지에서 보낸 편지』(창작과 비평, 2002)

조연현:『改稿 문학개론』(정음사, 1973)

혜경궁홍씨 외:『한국 고전수필 모음』(북앤북, 2015)

황인경:『소설 목민심서』(삼진기획, 1993)

────────────────────

고전수필의 맥을 잇는 현대수필 작법 ─────────────────────

14. '플롯 시간'에서 탄생한 의인체 고전 수필

조침문(弔針文) / 유씨 부인(俞氏夫人)

『조침문(弔針文)』

유씨 부인(俞氏夫人)

유세차(維歲次) 모년(某年) 모월(某月) 모일(某日)에, 미망인(未亡人) 모씨(某氏)는 두어 자(字) 글로써 침자(針子)에게 고하노니, 인간 부녀(人間婦女)의 손 가운데 종요로운 것이 바늘이로대, 세상 사람이 귀히 아니 여기는 것은 도처(到處)에 흔한 바이로다. 이 바늘은 한낱 작은 물건(物件)이나, 이렇듯이 슬퍼함은 나의 정회(情懷)가 남과 다름이라. 오호 통재(嗚呼痛哉)라, 아깝고 불쌍하다. 너를 얻어 손 가운데 지닌 지 우금(于今) 이십 칠 년이라. 어이 인정(人情)이 그렇지 아니하리요. 슬프다. 눈물을 잠깐 거두고 심신(心神)을 겨우 진정(鎭定)하여, 너의 행장(行狀)과 나의 회포(懷抱)를 총총(悤悤)히 적어 영결(永訣)하노라.

연전(年前)에 우리 시삼촌(媤三寸)께옵서 동지상사[1](同至上使) 낙점(落點)을 무르와, 북경(北京)을 다녀오신 후에, 바늘 여러 쌈을 주시

---

1) 해마다 동짓달에 중국으로 보내던 사신의 우두머리.

거늘, 친정(親庭)과 원근 일가(遠近一家)에게 보내고, 비복(婢僕)들도 쌈쌈이 낱낱이 나눠 주고, 그 중에 너를 택(擇)하여 손에 익히고 익히어 지금까지 해포 되었더니, 슬프다, 연분(緣分)이 비상(非常)하여, 너희를 무수(無數)히 잃고 부러뜨렸으되, 오직 너 하나를 연구(年久)히 보전(保全)하니, 비록 무심(無心)한 물건(物件)이나 어찌 사랑스럽고 미혹(迷惑)지 아니하리요. 아깝고 불쌍하며, 또한 섭섭하도다.

나의 신세(身世) 박명(薄命)하여 슬하(膝下)에 한 자녀(子女) 없고, 인명(人命)이 흉완(凶頑)하여 일찍 죽지 못하고, 가산(家産)이 빈궁(貧窮)하여 침선(針線)에 마음을 붙여, 널로 하여 시름을 잊고 생애(生涯)를 도움이 적지 아니하더니, 오늘날 너를 영결(永訣)하니, 오호 통재(嗚呼痛哉)라, 이는 귀신(鬼神)이 시기(猜忌)하고 하늘이 미워하심이로다.

아깝다 바늘이여, 어여쁘다 바늘이여, 너는 미묘(微妙)한 품질(品質)과 특별(特別)한 재치(才致)를 가졌으니, 물중(物中)에 명물(名物)이요, 철중(鐵中)의 쟁쟁(錚錚)이라. 민첩(敏捷)하고 날래기는 백대(百代)의 협객(俠客)이요, 굳세고 곧기는 만고(萬古)의 충절(忠節)이라. 추호(秋毫) 같은 부리는 말하는 듯하고, 두렷한 귀는 소리를 듣는 듯한지라. 능라(綾羅)와 비단(緋緞)에 난봉(鸞鳳)과 공작(孔雀)을 수놓을 제, 그 민첩하고 신기(神奇)함은 귀신(鬼神)이 돕는 듯하니, 어찌 인력(人力)의 미칠 바리요.

오호 통재(嗚呼痛哉)라, 자식(子息)이 귀하나 손에서 놓일 때도 있고, 비복(婢僕)이 순(順)하나 명(命)을 거스를 때 있나니, 너의 미묘(微妙)한 재질(才質)이 나의 전후(前後)에 수응(酬應)함을 생각하면, 자식에게 지나고 비복(婢僕)에게 지나는지라, 천은[2](天銀)으로 집을 하고, 오색(五色)으로 파란을 놓아 결고름에 채였으니, 부녀(婦女)의 노리개라. 밥 먹을 적 만져 보고, 잠잘 적 만져보아, 널로 더불어 벗이 되어, 여름 낮에 주렴(珠簾)이며, 겨울밤에 등잔(燈盞)을 상대(相對)하여, 누비며, 호며, 감치며, 박으며, 공그를 때에, 겹실을 꿰었으니 봉미(鳳尾)를 두르는 듯, 땀땀이 떠갈 적에 수미(首尾)가 상응(相應)하고, 솔솔이 붙여 내매 조화(造化)가 무궁하다.

이생에 백 년 동거(百年同居)하렸더니, 오호 애재(嗚呼哀哉)라, 바늘이여. 금년 시월 초십일 술시(戌時)에, 희미한 등잔 아래서, 관대(冠帶) 깃을 달다가, 무심중간(無心中間)에 자끈동 부러지니, 깜짝 놀라와라. 아야 아야 바늘이여, 두 동강이 났구나. 정신(精神)이 아득하고 혼백(魂魄)이 산란(散亂)하여, 마음을 빻아 내는 듯, 두골(頭骨)을 깨쳐 내는 듯, 이윽도록 기색혼절(氣塞昏絶)하였다가 겨우 정신을 차려, 만져 보고 이어 본들 속절없고 하릴없다. 편작[3](扁鵲)의 신술(神術)로도, 장생불사(長生不死) 못 하였네. 동네 장인(匠人)에게 때이련들 어찌 능

---

2) 품질이 썩 좋은 은.

3) 중국 춘추 시대의 이름난 의사.

(能)히 때일쏜가. 한 팔을 베어 낸 듯, 한 다리를 베어 낸 듯, 아깝다 바늘이여, 옷섶을 만져보니, 꽂혔던 자리 없네.

오호 통재(嗚呼痛哉)라, 내 삼가지 못한 탓이로다. 무죄(無罪)한 너를 마치니, 백인[4](伯仁)이 유아이사(由我而死)라. 누를 한(恨)하며 누를 원(怨)하리요. 능란(能爛)한 성품(性品)과 공교(工巧)한 재질을 나의 힘으로 어찌 다시 바라리요. 절묘(絶妙)한 의형(儀形)은 눈 속에 삼삼하고, 특별한 품재(稟才)는 심회(心懷)가 삭막하다. 네 비록 물건(物件)이나 무심(無心)ㅎ지 아니하면, 후세(後世)에 다시 만나 평생 동거지정(平生同居之情)을 다시 이어, 백 년 고락(百年苦樂)과 일시 생사(一時生死)를 한가지로 하기를 바라노라. 오호 애재(嗚呼哀哉)라, 바늘이여.

(문교부: 『인문계 고등 학교 국어 Ⅱ』 한국 교육 개발원, 대한 교과서 주식회사, 1985.3.1.)

---

[4] 백인은 중국 진나라 때 주의의 자. 왕도가 그의 동생 왕돈의 반발로 죽게 되었을 때, 자기도 모르게 백인의 도움으로 살아났으나, 그 뒤에 백인이 죽게 되었을 때에는 왕도가 살릴 만한 자리에 있었으면서도 모르는 체한 까닭에 백인이 죽었으므로, 백인의 무고한 죽음을 탄식하여 한 말.

┌ '플롯 시간'에서 탄생한 의인체 고전 수필 ┘

갑오경장(1894) 이후 우리의 모든 예술은 서구의 문예사조를 받아들였다. 그 결과 다른 장르의 문학은 비약적으로 발전하였으나, 수필만은 스스로 예외 되었다. '隨筆'의 뜻풀이인 '붓 가는 대로'를 수필의 이론인 양 믿었던 탓이다.

김광섭은 『隨筆文學 小考』(『문학』통권 1호, 1933)에서 그 첫 문장을 다음과 같이 썼다.

"수필이란 글자 그대로 '붓 가는 대로' 써지는 것이다."

이렇게 말함으로써 '붓 가는 대로' 써지는 것이 수필의 이론인 양 굳어져 갔다. 다시 40여 년 뒤에 피천득의 작품 「수필」에서 이것을 재학인 시켰다. '붓 가는 대로'는 한자어 '隨筆'의 뜻풀이에 불과한 것을 거창한 수필의 이론쯤으로 여겼던 것이다.

"그 제재(題材)가 무엇이든지 간에 쓰는 이의 독특한 개성과 그때의 무드에 따라 '누에의 입에서 나오는 액(液)이 고치를 만들 듯이 수필은 써지는 것이다. 수필은 플롯이나 클라이맥스를 필요로 하지 않는다."(피천득:『珊瑚와 眞珠』일조각, 1977)

두 분의 수필에 대한 이런 생각을 후배들은 어떻게 받아들였을까. 수필에 대한 연구가 깊지 않던 때라서 수필은 '붓 가는 대로' '구성'도 없이 쓰는 글쯤으로 이해했던 것일까. 아리스토텔레스(B.C.384~B.C.322) 이래 문학 창작론의 핵심은 구성론(플롯)에 있음에도 불구하고 말이다.

"호메로스는 플롯을 만들었기 때문에 시인이고, 엠페도클레스는 그 철학 사상을 단지 운문으로 서술한 까닭에 시인이 될 수 없다."(이상섭:『문학 이론의 역사적 전개』)

위 인용문에서 말하는 '시인(poet)'은 희랍어로서 무엇을 만드는 혹은 창조하는 사람의 뜻이다.(조연현)

본고에서는 「조침문」의 문학성(구성·창작성)을 고구(考究)하여, 고전수필이 어떻게 현대수필문학에 이어져 있는 지를 밝히고, 우리 현대 창작수필문학의 작법의 바탕을 굳게 하는데 목적이 있다. 다시 말하면 고전수필의 뿌리를 찾고, 그 뿌리가 현대수필의 어디에 어떻게 이어졌는지를 밝히어 현대창작수필 작법의 토대를 모색하고자 한다.

「조침문(弔針文)」은 「제침문(祭針文)」이라고도 부른다. 지은이 유씨(俞氏) 부인에 대해서는 조선 순조(純祖)(재위 1800~1834)때 사람이라고만 알려져 있을 뿐이다. 작품 제작 연대도 알 수 없다. 작품의 소재는 바늘[針]이요, 주제는 서두 문장의 "너의 행장과 나의 회포를 총총히 적어 영결하노라."에 담겨 있다고 하겠다. 제목 「조침문」에 소재와 주제를 아울러 말하고 있다. 제목은 또한 바늘에 대하여 조상[弔]하고, 제사[祭]를 지내는 제문(祭文) 형식임을 말해주기도 한다. 제문은 죽은 사람에 대한 생전의 덕을 기리고 명복을 비는 일종의 의식문(儀式文)이다.

제문 형식인 이 작품에서 바늘은 무엇을 빗댄 것일까. 여태까지는 바늘이 부러진 것을 사람이 죽은 것에 빗댄 것으로 보고, 바늘을 의인화한 의인체 수필로 감상했다. 여기서 우리는 잠깐 '문학과 시간'에 대해서 생각해 볼 일이다. 즉 '남편의 죽음'과 '바늘의 부러짐'의 두 사건 중 어느 것이 먼저일까, 하는 문제다. 남편이 죽고, 뒤에 바늘이 부러졌다면 '남편'을 '바늘'에 빗대어 말한 의물법 문장이 되었을 것이고, 반대로 바늘이 먼저 부러지고, 뒤에 남편이 죽었다면 바늘을 의인화했을 것이다. 먼저 일어난 사건에서 먼저 '창작 발상'이 일었을 것이기 때문이다.

본문에서 보면 "너를 얻어 손 가운데 지닌 지, 우금 이십칠 년이라." 했고, 또 "미망인 모씨는 두어 자 글로써 침자에게 고"한다고 하였다. 이런 문장만으로 보면 침자는 미망인의 남편이 되는 것이다. 이렇게 본다면 남편의 죽음에 대한 의물법의 수필이 되고 만다.

여기서 의인법이냐 의물법이냐를 따지는 것은 두 비유법에 따라 작가(화자)의 심리나 의식이 크게 달라질 것이기 때문이다. 그러나 지금의 자료로선 바늘이 부러진 때나, 남편이 사망한 때나, 글을 썼던 때를 정확하게 알 수 없으니 추정할 수밖에 없다. 전체적인 작품 분위기를 볼 때 조침문의 특징을 겉으로는 '바늘을 의인화'한 것이지만, 고규(孤閨)—외롭게 홀로 자는 부인의 잠자리를 이르는 말(『우리말샘』)—를 지키는 미망인이란 작가의 내면을 표현한 것이라는 점으로 보면 내용적으로는 '남편을 의물화'한 수필이 아닐까 하는 생각이 들기도 한다.

표에서 보는 바와 같이 의물법(depersonification)은 사람을 동·식물이나 무생물에 빗대는 기교이다. 의인법(personification)의 반대다.(장하늘)

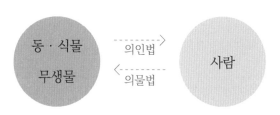

(장하늘:『수사법 사전』다산초당, 2009)

의물법으로 보면 이 글에서 발견 되는 문제점이 자연스럽게 해결되는 이점(利點)이 있다. 무슨 말이냐 하면 시삼촌으로 부터 바늘을 받은 것은 '연전'인데 '너를 얻어 손 가운데 지닌 지, 우금 이십칠 년'이라 표현하고 있는 것을 보면 앞뒤가 맞지 않다는 얘기다. '연전'을 '몇 년 전'이라고 볼 것인가, 아니면, 확대 해석해서 '여러 해 전'이라고 할 것인가는 연구 과제라 하겠다. 남편을 의물화했다면 자연히 27년은 미망인이 남편과 함께 지낸 세월을 말함이다. 남편이 죽었으니 제문을 썼다. 그런데 형식적으로는 바늘이 부러져서 쓴 제문으로 되어 있다.

정진권 교수는 이 글의 내용은 남편을 그리는 사부사(思夫辭)라 했다.

'사부사'라는 내용을 뒷받침할 만한 것은 여기저기서 발견된다. '백년 동거'니 '평생 동거지정'이니 '백 년 고락'이니 하는 말은 부부간에 쓰는 말이다. '정신이 아득하고 혼백이 산란하여 마음을 빻아 내는 듯', '두골을 깨쳐내는 듯 이윽도록 기색혼절하였다가'라든지, '나의 정회가 남과 다름' 등은 심한 과장의 경우라 하겠다.

이 과장이 함축하고 있는 의미는 바늘보다는 미망인이 남편을 생각하는 표현들이라 하겠다. 이런 과장이 오히려 남편을 여읜 지어미의 심사가 사실적으로 다가오지 않은가. 이렇게 생각하고 보면 과장은 오히려 죽은 남편을 마주한 여인의 절망하는 모습을 사실적으로 그려낸 것이라고 할 수 있다.

이 작품은 문장형식이 소리 내어 읽기에 좋다. 보통 글과 다른 점이다. 제문 형식이기 때문이지만, 또 '여름 낮에 주렴이며, 겨울밤에 등잔' 따위의 대구(對句)를 많이 썼고, 4음보의 가사체로 리듬을 형성하기 때문이다. 지은이의 심정이 잘 드러나 있고, 글을 통하여 지은이의 인품을 생각해보면 명문가의 과수댁으로 바느질로 여생을 보낸 정숙한 부인임을 알 수 있다. 글에 능하고 고사에 유식하며, 무생물에서도 정을 느끼는 섬세함을 지녔다. 또한 남편을 잃은 과수댁으로 자녀가 없음에도 개가(改嫁)하지 않은 180여 년 전쯤의 옛 풍습과 사상을 엿볼 수 있다.

「조침문」은 '나는 창작 작품이요' 하고 말하고 있다. 창작 작품임을 다음과 같은 두 가지 창작 요건을 말해주고 있는 것이다. 그 첫 번째가 '「조침문」은 바늘을 의인화하고 있다.'는 것이고, 두 번째는 '「조침문」은 플롯화된 작품'이라는 것이다. 이 두 요소만으로도 창작 작품이 되기에 충분한 것이다.

의인법·의물법은 현대문학 이론의 고급 기교 중의 하나이다. 이 두 비유법은 광범위한 창조적 언어 세계를 낳는 문예창작의 가장 고전적이면서도 현대적인 방법이다. 또한 플롯이란 현실의 자연적 시간 순서에 의하여 일어난 사건을 소재(현실·역사)로 취해서 자연적 시간 순서를 깨뜨려 버리고 대신 인과율에 의한 사건들로 조직(창조적 배열)하는 '플롯 시간'을 의미한다.(아리스토텔레스: 『詩學』) 이렇게 플롯 작업을 거친 뒤에는 더 이상 현실에 있었던 일이 아닌 개연성(probable)의 세계로 변한다. 현대문학에서는 개연성을 상상적 허구라고 한다. 그래서 문학이란 허구의 세계인 것이다.(백철)

김동리 교수는 "우리에게 창작이란 고유한 개념이 없다."고 했다. 고전문학에는 서구적 개념의 창작론이 없었는데 어떻게 유씨 부인은 창작품을 썼을까. 독자는 의아해 할 수도 있다. 그러나 그 답은 문학의 기원설(起源說)에서 찾을 수 있다. 여러 학자들의 『문학개론』 등에

서 보면 국문학의 발생을 원시종합예술에서 찾고 있다. '선민들의 제
천의식에서 자연적으로 생겨난 집단가무[Ballad dance]가 바로 원시
종합예술'이라는 것이다.(김기동·박준규)

조침문의 구성을 살펴보면 다음과 같다.

단 계	부터~ 까지	내 용
서사	처음(유세차)~나의 회포를 총총히 적어 영결하노라	바늘을 영결함.[글을 쓰는 목적]
본사 ①	연전(年前)에 우리 시삼촌(媤三寸)께옵서~아깝고 불쌍하며, 또한 섭섭하도다	바늘을 얻은 경위와 바늘과의 인연.
본사 ②	나의 신세(身世) 박명(薄命)하여 슬하(膝下)에 한 자녀(子女) 없고,~이는 귀신(鬼神)이 시기(猜忌)하고 하늘이 미워하심이로다	외로운 처지인 '나'와 바늘의 관계.
본사 ③	아깝다 바늘이여, 어여쁘다 바늘이여,~어찌 인력(人力)의 미칠 바리요	바늘의 미묘한 품질과 재주. (형태와 기능을 일목요연하게 묘사)
본사 ④	오호통재(嗚呼痛哉)라, 자식(子息)이 귀(貴)하나 손에서 놓일 때도 있고, ~솔솔이 붙여 내매 조화(造化)가 무궁(無窮)하다	나와 바늘의 각별한 인연.
결사 ①	이생에 백년동거(百年同居) 하렸더니, 오호 애재(嗚呼哀哉)라, 아깝다 바늘이여.~아깝다 바늘이여, 옷섶을 만져보니, 꽂혔던 자리 없네	영결하게 된 사연
결사 ②	오호통재라, 내 삼가지 못한 탓이로다. ~ 오호 애재(嗚呼哀哉)라, 바늘이여(끝)	애도의 심정과 후세에 다시 만나기를 바람

조침문의 실제 사건들은 위 표의 '단계'에 나타난 순서대로 일어나지 않았을 것이다. 뭉뚱그려 생각해 보면 ① 바늘을 손에 넣고, ② 바늘과 함께 지내다가, ③ 바늘이 부러지니, ④ 영결을 고하는 조침문을 쓰게 된다. 그런데 그런 순서로 되어 있지 않고 '구성 단계' 즉, 〈서사→ 본사 ①②③④→ 결사 ①→ 결사 ②〉'에 따라 빈틈없이 구성된 수필이다. 즉 '플롯 시간'(이관희:『창작에세이학 원론』비유, 2017)에 따라 썼기 때문에 창작 수필인 것이다.

「조침문」에는 뛰어난 표현 기교도 드러나 있다. 화자 자신의 모든 생활이 응축되어 극히 작은 바늘의 부러짐이 슬픔의 원천일 수 있다. 이 슬픔을 여성 특유의 섬세한 감수성으로 포착, 바늘의 기능과 결부시켜 형상화함으로써 글 전체를 살아 움직이게 하고 있다.

'추호 같은 부리는 말하는 듯하고, 두렷한 귀는 소리를 듣는 듯한지라.'에서는 바늘이 생동하는 듯한 느낌을 주고 있다. '비록 무심한 물질이나 어찌 사랑스럽고 미혹지 아니하리요.'에서는 세세한 미물에서도 섬세한 애정을 느낄 수 있는 여성적 감수성을 느낄 수 있다. '오호 통재라'나 '아깝다 바늘이여'는 돈호법이요, '자끈동 부러지니'나 '아야 아야'는 의성법이다.

장덕순 교수는 「조침문」의 문학적 가치를 다음과 같이 요약하고 있다.

일상적이고 신변적인 소재로서 자신의 외롭고도 쓸쓸한 생애와 그에서 비롯되는 일상적인 애정과 고통을 문학적으로 승화시켜 이 글처럼 절절하게 표현한 글이 또 있을 것 같지 않다. 평범한 모습의 바늘을 마치 살아 있는 듯 의인화하여 묘사한 부분은 작가의 섬세하고도 치밀한 관찰력과 문장력을 보여주는 것으로서 고전수필의 사실적 문장의 한 표본을 이루고 있다.(장덕순:『한국수필문학사』, 박이정, 1995)

우리의 수필문학은 현대문학 이론을 수필 작법에 적용한 적이 없는 '붓 가는 대로' 쓴 글이다. 그러므로 고전문학도 아니고, 현대문학도 아닌 이론 부재의 '서자문학'일 뿐이다. 한국 고전 수필의 맥을 잇지 못한 것은 물론이고, 한국 현대 수필(창작에세이)과도 관계가 없다는 결론이다.

타 장르보다 1세기 이상 늦었지만 지금부터라도 우리 고전수필을 작품 분석·해석을 곁들인 수필론을 개발하여 그 문학성을 현대에서 되살리자. 그리고 현대문학 이론을 수필 작법에 적용하자. 이 길만이 수필문학이 창작 문학으로 우뚝 설 수 있는 유일한 방법이 아니겠는가.

〈참고 문헌〉

문교부:『인문계 고등학교 국어 Ⅱ』(한국교육개발원, 1985)

수필문학 별책부록 ①:『수필문학론집』(수필문학사, 1988)

피천득:『珊瑚와 眞珠』(일조각, 1977)

이상섭:『문학 이론의 역사적 전개』(연세대학교 출판부, 2002)

아리스토텔레스·천병희 옮김:『시학』(문예출판사, 2013)

고전수필의 맥을 잇는 현대수필 작법 ─────────────────────────

———————— 15. 침선 도구를 의인화한 내간체 고전수필

규중칠우쟁공론(閨中七友爭功論) /미상未詳

『규중칠우쟁공론閨中七友爭功論[1]』

미상未詳

규중 부인閨中婦人에게 평생을 서로 떠나지 아니하는 벗 일곱이 있으니, 그 이름은 가론[2] 척부인(尺夫人, 자)과 교두각시(交頭閣氏, 가위)와 세요각시(細腰閣氏, 바늘)와 청홍각시(靑紅閣氏, 실)와 감투할미(골무)와 인화낭자(引火娘子, 인두)와 울낭자(熨娘子, 다리미)라. 이 일곱 벗은 다 규중부인이 거느리고 있어 매사每事를 서로 기이지[3] 못하더라.

옛적에 주부인朱夫人이란 부인이 있어, 매일 이 칠우七友로 더불어 힘을 한가지로 하여, 한 벗이라도 없으면 무슨 일을 이루지 못하더니, 하루는 부인이 칠우로 더불어 있다가 홀연 몸이 곤하여 졸더니, 척부인이 가늘고 긴 허리를 빨리 재면서 하는 말이

---

1) 안방의 일곱 친구(자, 가위, 바늘, 실, 골무, 인두, 다리미)가 옷 짓는 공을 다투는 이야기. 「규중칠우쟁론기閨中七友爭論記」라는 이름으로도 널리 알려져 있다.

2) 가론: 가로다 ('가로되', '가론' 꼴로 쓰여) '말하다'를 예스럽게 이르는 말.

3) 기이지: 숨기지.

"열위列位는 내말 들어보소. 내란 몸은 길며 짧으며 좁으며 넓으며 이런 것들 눈치 있게 자세히 살피어서, 朱부인으로 무슨 일에 그릇됨이 없게 하니 내 공이 으뜸이 되리로다."

交頭각시 청파聽罷에 성을 내어 일긋거리며 이르되

"尺부인은 너무 공치사 마소. 내 입이 한번 가야 모양과 격식이 나나니, 그대의 일하여 염량한 공이 나로 말미암아 나타나나니, 내 공이 진실로 으뜸되리로다."

細腰각시 변색變色하여 이르되

"두 벗은 다투지 말라. 내 몸이 가야 무슨 일이든지 이뤄지나니, 그대들이 아무리 염량과 모양 제도를 한들 한 가지나 이뤄 낼쏘냐? 그러므로 내 공이 으뜸 되리로다."

靑紅각시 대소왈大笑曰

"열위列位는 우스운 말 말라. 속담에 이르기를 구슬이 서 말이라도 꿰어야 보배라 하였으니, 내 몸이 아니 가고서야 허다한 일이 한 가지나 낼쏘냐? 나보다 더한 공이 어디 있으리요?"

감투할미 웃어 가로되

"靑紅각시는 다투지 말라. 이 늙은이도 말 참예 좀 하여 보리라. 대저大抵 노소 없이 손가락 아픈 데를 눈치 있게 가리어 무슨 일이든지 쉬 이뤄 내게 하니 내 공도 없다 못 할 것이요, 쉬운 일과 어려운 일 없이 내 힘이 전장戰場에 방패 앞서듯 하나니 이 늙은이 없고는 되지 못하리라."

引火낭자 노기등등하여 한걸음에 뛰어 내달아 가로되

"그대들이 재주 자랑을 너무 하나 내 말 잠깐 들어 소졸疏拙한 것을 면하라. 내 발이 한번 지나매 굽은 것이 반듯하여지고 비뚤어진 것이 바로 되어, 너희 낯나는 일은 내가 펴주니, 내가 아니면 너희 암만 애써도 낯이 없으리로다."

熨낭자 탄식왈歎息曰

"引火낭자의 말이 과연 옳도다. 引火는 소임所任이 나와 한 가지라, 우리 둘곧 아니면 어찌 공을 일컬으리요?"

하고 칠 부인이 한창 이리 다투는 소리에 朱부인이 잠을 깨어 이 말을 듣고 번연飜然히[4] 일어나 대로왈大怒曰

"너희들이 무슨 공이 있다 하느냐? 나의 눈과 손이 있어야 너희 공이 되나니, 어찌 자칭 공이 있다고 방자放恣히 다툰다?"

하고 다시 누워 잠이 드니 尺부인이 탄식 왈

"매몰하고 쌀쌀하고 인정 없는 것은 인간人間 사람이로다. 나곧 아니면 척량척수尺量尺數를 어찌 헤어 내며, 광협장단廣狹長短을 어찌 알리요? 그리하여도 유위부족猶爲不足하여 종종 종년들이 사환使喚에 게으르면 내 몸으로 짓두들기니 내 몸이 이만큼 강건하기로 부지扶支하는 것을 생각지 아니하니 어찌 섧지 아니하리요?"

---

4) 번연히: 갑자기 깨달은 듯이.

交頭각시 한숨짓고 말하기를

"야속히도 말하는도다. 하고한 날에 내 입을 어기고 두꺼운 것과 단단한 것을 함부로 썰다가도 조금 마음에 맞지 아니하면 쓰겠느니 못쓰겠느니 하고, 두 뺨을 쇠망치로 두드려 가면서 입술이 두꺼우니 이가 날이 없느니 하고 연일 숫돌에 문지르며 온갖 짓을 다 하면서 어찌 저리 말하는고?"

하고 눈물지니, 細腰각시 장탄식왈長歎息曰

"나는 천태산 마고麻姑할미5) 쇠막대를 십 년이나 바위에 갈아 낸 몸이러니, 두 귀에다가 굵은 실 가는 실을 꿰어 가지고 나의 다리로 온갖 피륙에 구멍을 뚫으니 어찌 차마 견디리요? 어느 때면 하도 괴로와 사람의 손톱 밑을 찔러 피를 내 보나 어찌 시원할 수 있으리요? 차마 견디지 못하리라."

靑紅각시 탄식해 가로되

"내 설움 어찌 다 말하리요? 남녀 의복과 잔누비며 어린 아이 채색 옷에 내 몸 아니 들고야 어찌 한솔 반솔이나 기워 내랴마는, 일하기 싫은 부인네와 계집아이들이 내 몸을 바늘구멍으로 몹시 잡아당기다가 순히 나오지 아니하면 제반 악종惡種의 소리로 나를 나무라니, 내 무슨 죄로 이 설움을 어찌 참고 지내리요?"

引火낭자 눈물지고 가로되

---

5) 천태산은 중국의 산 이름, 마고는 중국의 여선女仙.

"내 원통한 말이야 이루 측량하랴? 나를 무슨 죄로 주야 사철 화로에 묻어 두고 부리다가, 어린 아이들이 각시 옷이니 곡시 옷이니 하고 나를 갖다 마구 문지르고 그냥 묻어 두었다가, 부인들이 쓸 제면 곱지 아니하다고 나만 나무라며, 또 무거우니 가벼우니 하여 굽도 접도 못 하게 하면서 공 없는 말만 하는 도다."

熨낭자 설워하며

"引火는 나와 설움이 같으니 더할 말 없거니와, 은왕殷王 주紂의 포락지형炮烙之刑이 아니어든 입에다가 백탄白炭 숯을 이글이글 피워다가 넣으니, 내 낯이 모질고 악착같기에 견디지 차마 못 견딜러라. 그 나 그뿐 아니라, 게으른 부녀들이 하루에 할 일을 구기박질러 가지고 열흘씩 보름씩 끼고 있다가 폐지 않느니 어쩌니 하고 나만 나무라는도다."

감투할미 한 걸음 뛰어 내달아 손짓하며 말하기를

"각시네들, 내 말 들어보소. 이 늙은이도 아가씨네 손부리에 끼여 반생반사半生半死하였노라. 이러니저러니 하지 말고 그만 그치라. 朱부인이 아시면 모든 각시네 죄가 이 늙은이에게로 돌아오리로다."

모두 이르되

"朱부인이 들어도 대수리요? 우리들 아니면 朱부인이 견디지 못하리라."

하고, 이리 다투니 朱부인이 잠을 깨어 듣고 대로왈大怒曰

"너희들이 내 잠든 사이에 내 시비를 많이 하였도다."

하고, 모두 불러 꾸짖어 물리치니 모두 앙앙怏怏히 물러가거늘,

감투할미 백두白頭를 조아리며

"젊은 것들이 철없이 잘못하였으니, 청컨대 부인은 노怒를 푸시고 용서하소서."

하고 빌기를 마지 아니 하니, 朱부인이 그제야 모든 각시를 불러 이르기를

"내 감투할미 낯을 보아 사赦하노라."

하고, 이후로 감투할미 공을 잊지 못하여 주야 떠나지 아니하기로 언약하고 지금까지 감투할미를 제일 귀히 여기어 손부리에 두고 친밀히 지내더라.

(『역대국문학정화歷代國文學精華』, 정진권:『한국고전 수필선』

범우사, 325~330)

『침선 도구를 의인화한 내간체 고전수필』

이 고전수필 「규중칠우쟁공론(閨中七友爭功論)」은 지은이와 지은 연대는 미상이다. 「규중칠우쟁론기(閨中七友爭論記)」로 중등학교 시절 배운 바 있는 작품이다. 가전체(假傳體)[6] 국문 수필, 필사본으로 전한다. 지은이는 밝혀지지 않았지만 작품에서 보면 가문의 범절과 부도(婦道)가 갖추어진 사대부 집안의 여인으로 문장도(文章道)에도 일가를 이룬 명사임을 알 수 있다.

지은 연대는 미상이지만 작품의 여러 정황으로 미루어, 학자들은 조선 후기, 철종(1831~1863) 때 작품으로 추정한다. 그렇다면 철종의 재위 기간을 감안하면, 지금으로부터 187년~155년 전의 작품이 되겠다. 출전은 서울대학교 가람문고에 소장된 『망로각수기(忘老却愁

---

6) 가전체:『문학』사물을 의인화하여 전기(傳記) 형식으로 서술하는 문학 양식. 고려 중기 이후에 성행하였으며, 임춘(林椿)의 <국순전>, <공방전>이나 이규보(李奎報)의 <국선생전> 따위가 여기에 속한다.

記)』에 실려 있는 것이 2, 3종의 이본 중에 상세하고 정확한 것으로 널리 알려져 있다. 『조침문』과 함께 의인화된 내간체(內簡體)[7] 고전수필의 쌍벽을 이루는 작품이다.

「규중칠우쟁공론(閨中七友爭功論)」은 제목이 말해주듯이 규방의 일곱 가지 침선 도구―자·가위·바늘·실·골무·인두·다리미―를 규중 여자의 일곱 벗으로 등장시켜, 인간 세상의 처세술을 해학적으로 풍자하고 있다. 작품에 등장하는 일곱 벗은 이 수필의 소재다. 이 소재를 작품 속으로 끌고 들어와 제재로 삼아 작품 안에서 작품화하여 희화적인 대화로 쓴 의인화 문장법의 고전수필이다. 제재에서 길어낸 주제는 무엇일까? '자신의 처지를 망각하고 교만하거나 불평하지 말고, 자신이 맡은 직분에 따라 성실한 삶을 영위하자'는 것이겠다.

구성은 전반부―일곱 벗의 공치사[세태 풍자]―와 후반부―인간에 대한 불평과 원망[인간 비판]―로 되어 있다. 하루는 주부인이 일곱 벗과 더불어 있다가 몹시 곤하여 졸았다. 이때 제일 먼저 자기 공을 말한 벗이 자(척부인)이다. 이어서 가위(교두각시), 바늘(세요각시), 실(청홍각시), 골무(감투할미), 인두(인화낭자), 다리미(울낭자) 순으로

---

7) 내간체(內簡體):『문학』조선 시대에, 부녀자들이 쓰던 산문 문체. 일상어를 바탕으로 말하듯이 써 내려간 것으로, ≪한중록≫, ≪계축일기≫, ≪산성일기≫, ≪의유당일기≫, ≪조침문≫, ≪화성일기≫, ≪인현왕후전≫ 따위가 이에 속한다.

제각기 자기 공을 다툰다. 이렇게 일곱 벗이 자기 공을 자랑하며 공치사하는 부분이 전반부이다.

후반부는 주부인이 잠을 깨어 나무라고, 다시 잠이 들자 일곱 벗이 이번에는 인간을 비판·규탄하는 데서부터 시작된다. 잠이 깬 주부인이 꾸짖어 물리치니, 골무가 허옇게 센 머리를 조아려 일곱 벗의 잘못이나 허물을 용서하기를 빌어서, 모두 무사했다는 내용으로 극적인 요소가 가미된 독특한 수필이다. 여기서 이 작품이 구소설이라는 주장도 보인다.[8] 인물간의 갈등과 사건 구성이 있다는 점에서 일단은 소설적 요건을 갖추었으나, 종래의 일반적 분류를 따라 고전수필로 잡았다. 한 작품이 소설이냐, 수필이냐를 판가름하는 기준은 아주 분명하다. 즉, 소설은 〈성격의 사건 이야기〉이고, 수필은 '사물의 마음(감성·서정)' 곧 〈마음의 이야기〉라는 점이다.[9] 특정 사물을 의인화하여 사람의 일에다 견줄 수 있도록 한 설정은 가전(假傳)의 전통을 따랐다고 할 수 있어, 가전체 작품의 수필로 보아왔다. 장덕순 교수는 이 극적 구조를 한낱 부인들의 침선에 필요한 제도구를 의인화한 것에 그치는 것이 아니라, 섬세하고 미묘한 규방 세계의 갈등 관계를 은유하고 있어 수필 영역의 확대로 보았다.

---

8) 규중칠우쟁론기(閨中七友爭論記)는 조선시대의 작자·연대 미상의 구소설이다. 〈망로각수기(忘老却愁記)〉에 전한다.(인터넷 위키백과)

9) 이관희: 『창작문예수필이론서』(비유, 2007. 169쪽)

이 작품의 등장인물은 주부인과 일곱 벗을 합하여 모두 여덟이다. '규중칠우'에서 '규'는 규방(閨房)으로서 '부녀자가 거처하는 방' 즉 안방으로 작품의 배경이 된다. '일곱 벗'을 의인화한 것은 한자의 음—자(尺부인), 다리미(熨낭자), 생김새—가위(交頭각시, 바늘(細腰각시), 색깔—실(靑紅각시), 유사성—골무(감투할미), 쓰임새—인두(引火낭자) 등에 따라 인격을 부여했다. 의인화에서는 사물이 문장 속에서 인간적 속성을 부여받는다. 즉 일곱 벗은 인간화 된 것이다.

의인법을 장하늘 교수는 『수사법사전』에서 '사람삼기(擬人法, personification)라 부르며, '하나의 감정이입(感情移入)이요, 은유법의 한 가닥이다'라 했다. 현대문학 이론에서 의인화는 곧 허구 창작인 것이다. 문학이란 허구적 세계다. 허구적 세계는 상상적 세계요, 창작의 세계다. 고전수필에서도 즐겨 사용된 이 의인법을 현대문학에서도 창작법에 적용하고 있다. 창작에세이의 개념은 〈시적 발상의 산문적 형상화〉이다. '시적 발상'이란 시 창작 발상을 의미하고, '산문적 형상화'란 시 창작 발상을 산문 형식으로 형상화 하는 문학이란 뜻이다.(이관희) 현대시 창작의 주류를 이루는 것이 의인법이나 활유법이 아니던가. 고전수필에서 의인법 이론만 연구·개발했더라도 고전수필과 서양에서 들어온 현대 창작문학은 자연스럽게 맥이 통했을 것이다. 그렇게만 되었다면 우리 문학에서 '전통론

(傳統論)을 운위 할 때마다 전통부정론이 더 우세(전규태)'하지는 않았을 것이 아닌가.

문학은 비유 창작이다. 의인화 말고 또 어떤 수사(修辭)가 동원되었을까. "속담에 이르기를 구슬이 서 말이라도 꿰어야 보배라 하였으니"와 "천태산 마고(麻姑)할미 쇠막대를 십년이나 바위에 갈아낸 몸이러니"에 쓰인 수사는 풍유법이요, 인용법이다. "전장(戰場)에 방패 앞서듯"은 직유법이요, "백탄(白炭) 숯을 이글이글 피워다가"는 의태법이요, "어찌 한솔 반솔이나 기워 내랴마는"과 "어린 아이들이 각시 옷이니 곡시 옷이니 하고"는 반복법이다.

이 작품은 '극적 긴장이나 해학을 발휘'하는 작품이라는 평가를 받고 있다. 해학은 조선 후기 문학이 추구하는 미학이기도 하다. 해학은 비판적 거리 없이 대상의 불합리나 모순을 드러내면서 동시에 한층 넓고 깊게 통찰하여 동정적으로 감싸는 문학 형태이다.

규중 일곱 벗은 여성 취향의 소재다. 이에 비해 문방사우(文房四友)—선비는 종이, 붓, 먹, 벼루의 네 가지로 벗을 삼음—는 남성 취향의 소재로 서로 대척적 위치에 놓인다. 형식에서는 가전체의 형식을 빌려 여성의 관심사를 흥미롭게 서술하여 '가전체의 새로운 방향'을 개척하려는 시도를 보인다는 점에서 높이 평가 받는다. 특정 사물을 의인화하여 사람의 일에다 견줄 수 있도록 한 설정은 가전의 전통을 따랐다고 할 수 있다.

여기서 우리는 '가전체의 새로운 방향의 개척'에 주목해야 한다. 기존의 수필은 갑오경장 이후 오늘까지 120여 년간 진화를 모른 채 꿈쩍도 않고 있다. 하기야 기존의 수필에는 창작론이라는 것이 아예 없으니, 고전수필에서 이런 점을 배우려 하지 않았을 것이다. 이론 아닌 이론 '붓 가는 대로'만 쳐다보고 있는 기존의 수필은 가사(假死) 상태에 있다고 하겠다. 한 세기가 넘도록 변하지 않은 것은 화석밖에 없지 않을까.

등장인물의 성격을 살펴보면, 일곱 벗은 모두 제 공이 으뜸이라 자랑한다. 때로는 동료의 공을 깎아내리면서까지 자기의 공을 내세운다. 불평을 토로하면서도 다 자기가 당하는 고초만을 앞세운다. 구성원으로서 공동체 의식도, 협동의식도 부족하고 모두 자기중심적이다. 꼭 오늘의 우리 사회상을 보는 듯하다. 그러나 내면에는 자기 일에 대한 자부심과 창조성이 깃들어 있음을 읽어내야 하겠다. 본문의 둘째 단락의 "옛적에 주부인朱夫人이란 부인이 있어,…"라 하여 '옛적에'를 굳이 넣은 것은 문학 작품으로서 현실에 휘둘리지 않겠다는 의중이라 하겠다.

주부인은 바느질 사회의 최고 지도자다. 지도자로서 일곱 친구를 대표하는 골무(감투할미)의 의견을 받아들인다. 지도자로서 포용력도 지혜도 발휘한 인물이라 할 수 있다. 자(척부인)는 일곱 벗 중에서 첫 번째의 등장인물이다. 후반부에서도 자(척부인)가 제일 먼저 인간에 대항하는 발언을 한다. 이어서 가위, 바늘, 실, 인두, 다리미, 골무, 주부인, 골무, 주부인의 순으로 등장한다. 일곱 친구가 전반부에서 각각 한 번씩 등장하여 제 공을 자랑하고, 후반부에서도 한두 번씩 등장, 인간에 대하여 규탄하며 대항하는 발언을 한다. 이들의 등장 횟수는 모두 18회인데 일곱 벗 중 감투할미와 주 부인만 세 차례이고, 나머지는 두 차례씩이다.

자(척부인)가 제일 먼저 등장하는 이유는 무엇일까? 바느질 사회의 질서이겠다. 즉 옷감을 먼저 재야 재단을 하게 되고 옷이 완성되면 다리미(울낭자)가 다려야 끝이 나게 된다. 앞에서 본 바와 같이 크게 전반부와 후반부로 나누었고, 일곱 벗의 등장 순서는 후반부에서 약간 변화를 준 구성이다. 이러한 섬세하고 날카로운 감정의 대립·갈등은 규방 세계의 공간에서만 가능한 것이다.

인물의 성격이 특이한 벗은 골무(감투할미)이다. 벗들과 다르게 주부인에 대한 비난이 없고, 벗들을 무마하려 한다. 주부인의 두 번째

꾸중에서도 다른 인물들을 대신하여 사죄한다. 처세에 능하며 계산적인 인물이라 볼 수도 있겠으나 일곱 벗의 대표로서 바느질 사회의 질서를 잡아가도록 최고 지도자 주부인과 일곱 벗들이 중재자(仲裁者)로서 중간 역할을 잘하고 있다. 따지고 보면 골무는 보호본능. 감싸는 성격이다. 가위가 잘라내는 일, 바늘의 태어날 때의 인고와 슬쩍 손톱 밑을 찔러 보는 일, 실의 구슬을 꿰어 보배를 만드는 일, 다리미가 인두에게 동조하며 자기 강화를 노리는 일 등을 모두 부정적으로만 볼 일이 아니다. 따뜻한 긍정의 눈으로 본다면 바느질 사회의 협동 의식을 강조하여 어느 한 벗이라도 제 일을 잘못하면 협동은 깨지고 만다는 창조성이 깔려 있지 않을까.

규중 일곱 벗의 쟁공(爭功)과 인간에 대한 원망으로 그 형식적 측면을 살폈다. 이런 형식적 측면 속에 일곱 벗의 거침없는 주장은 각자의 역할과 밀접하게 결부되어 있다. 도구의 모양이나 사용 방법을 구체적으로 드러내는 데서 세심한 관찰력이 돋보인다. 규중 일곱 벗을 조선조 규방 여인들을 의인화한 존재로 본다면, 자신의 능력과 노고를 인정받고자 하는 여성들의 욕구를 내포한 작품으로도 볼 수 있다. 일곱 벗의 인간에 대한 항거 의식은 규중 주부들의 자기반성의 방편이 아닐까. 대화를 통해서 나타나는 불평과 자기주장을 주부인은 마음속으로 받아들였다. 「규중칠우쟁공론」은 현대 에세이론인 토론·토의 이론이라 하겠다. 일곱 벗에 둘러싸여 얌전히 바느질손을 놀리면 서도 속으로 사고와 반성을 게을리 하지 않았던 옛 주부상을 형상화 한 작품이다. 어찌 보면 「규중칠우쟁공론」은 당시의 사회상을 풍자한 상징주의적 경향을 띤 작품이라 볼 수도 있다.

 '창조'라는 것은 서로 다툰 데서 싹이 튼다. 80년대 우리 수필계 의 말도 안 되는 '허구논쟁'도 '수용론'과 '수용불가론'의 두 편이 서 로 다툰 결과 우리 수필문학이 '허구'에 대하여 생각해 보는 계기가 되어 결과적으로 수필 발전을 가져왔다고 본다. 전통 한복에 뿌리를 두고 서구 패션 감각을 접목한 패션디자이너 앙드레김을 생각해 보 면 창작이 어떻게 탄생하는가를 짐작하게 한다. 우리의 옛것에 대하 여 애정을 가지고, 긍정적으로 생각하며, 창조적으로 계승하면 새로 운 것이 탄생하지 않겠는가. 지금 세계를 열광시키는 한류(韓流)도 우 리 것에 뿌리를 튼튼히 했을 때 세계화 되는 것이지 뿌리가 뽑힌다면 시들고 말 것이다.

 "요컨대 「규중칠우쟁공기」가 문제 되는 것은 극적 구성 의 도입으로 수필 영역의 확대를 이룩했다는 것과 각각의 기 능과 형식의 특성에 결부된 정확한 주장과 대립을 통해 규방 세계의 미묘한 대립과 갈등, 나아가 이를 통하여 조선 사회

해체의 한 기미를 반영한 것, 반성적 사고를 견지하고 있는 전통적인 주부상이라는 가치로운 인물상을 형상화해 놓고 있다는 것 등이다.”(장덕순:『한국수필문학사』 299쪽)

여기서 우리가 주목해야 할 점은 '조선 사회 해체의 한 기미'이다. 우리는 사회변동을 예감한 작가의 예지능력에 깜짝 놀란다. 여성해방, 여성의 사회참여…. 자본주의 사회에서의 여성의 역할, 미래 제4차 산업혁명 시대, 즉 정보통신기술(ICT)의 융합으로 이뤄지는 차세대 산업혁명에서 여성의 타고난 재질 발휘를 기대한다. 한국 전통 사회에서 발휘되지 못하고 마그마로 흐르던 여성의 재질 발휘가 드디어 분화구를 찾은 것이 아닐까.

기존의 수필은 고전수필의 맥을 잇는 현대수필이 아니다. 고전수필도 이렇게 창작적·허구적인데 종래의 수필은 서구문예사조에 의한 현대문학 창작 이론을 수필 작법에 적용하려 하지도 않고, 오히려 스스로 딴 길을 걸었다.

백철 교수는 그의『문학개론』에서 “수필을 말하는 데 있어서 먼저 그것을 다른 나라에서 흔히 말하는 '에세이(Essay)'의 개념으로서 설명한다.”고 했다. 이 말은 수필론의 큰 이론이다. 이관희 평론가는 기존의 수필이 현대문학 초창기에 놓친 것이 바로 이 한 마디라 했다. 그럼으로써 이론 아닌 이론 '붓 가는 대로'가 주인 행세를 하게 되었던 것이다.

지금 생각해 보면, 고전수필을 조금만 들여다보며 연구했더라면 지금쯤은 창작수필의 시대가 활짝 열렸으리라는 아쉬움이 남는다. 갑오경장(1894) 이전의 한글수필에 이렇게 뛰어난 창작성이 있었다는 사실에 놀랄 뿐이다. 학자들이 우리 고전 작품에 너무 등한했던 것은 아닐까. 어떻든 고전에 대한 관심이 부족하여 이론 연구가 없었다고 보아야 한다. 여러 요인들 때문에 고전문학과 현대문학이 단절된 것처럼 보이게 한 결과를 낳기도 했다. 그러나 고전수필을 연구하다보니 우리 문학의 '연속성'이 창작론을 끈으로 이어졌다는 것을 곧 알 수 있었다. 서구의 창작론이 밀려들었을 때 우리에겐 창작 개념은 없었다지만 창작 작품은 고전수필에서 있었으니, 그것을 바로 수필 작법에 적용만 했더라면 서자문학의 소리를 듣지 않았음은 물론 고전문학과 현대문학이 우리 국문학으로서 자연스럽게 연계(連繫)되었을 것이다. 생각해 보면 허송한 세월이 너무나 아깝고 안타깝기만 하다. 서양 문예사조의 파고에 놀라 법고창신(法古創新)의 정신을 놓아버렸던 건 아닐까.

〈참고 문헌〉

구인환·구창환:『문학학개론』(삼영사, 1999)

김경란 엮음·유진희 그림:『우리 옛 수필』(한국톨스토이)

김광순 외:『국문학개론』(새문사, 2006)

백철:『문학개론』(신구문화사, 1956)

오덕렬:『수필의 현대문학 이론화』(월간문학출판부, 2016)

이관희:『창작문예수필이론서』(청어, 2007)

───:『창작에세이』 26호(비유, 2017)

이상섭:『문학비평 용어 사전』(민음사, 2013)

장하늘:『수사법 사전』(다산초당, 2009)

전규태:『한국고전문학사』(백문사, 1993)

장덕순:『한국수필문학사』(박이정, 1995)

정진권:『한국고전 수필선』(범우사, 2005)

───:『한국수필문학사』(학연사, 2010)

───:『고전산문을 읽는 즐거움』(학지사, 2002)

조연현:『개고 문학개론』(정음사, 1973)

최강현:『학생을 위한 한국고전수필문학』(휴먼컬처아리랑, 2014)

───:『한국수필문학신강』(박이정, 1998)

고전수필의 맥을 잇는 현대수필 작법 ─────────────────────────

발문 현대문학現代文學 1백 년 만의 경사慶事

발문跋文

현대문학現代文學 1백 년 만의 경사慶事

    문학文學이라는 말을 작품의 의미가 아닌 학문學問의 뜻으로 쓸 때, 그 첫 번째 고전古典 자료資料가 아리스토텔레스의 『시학詩學』이다. 그 이후 지난 2천 수백 년 동안 쌓여온 문학 학문 자료는 수를 헤아릴 수 없다. 이 사실은 문학인들에게는 문학적 명운命運이 걸린 일이다. 글을 쓰되 학문學問에 근거한 글을 쓸 것인가, '붓 가는 대로' 쓰고 말 것인가는 문학 인생의 성패成敗가 달린 일이다. 그 살아있는 예가 바로 지난 1백 년간, 흘러들어 온 곳도, 흘러나간 곳도 없이 제 자리에 고인 물이 되어 온 수필隨筆의 '붓 가는 대로' 역사다.

    문학文學은 예술藝術이라고 하면서 왜 작품 그 자체보다 문학에 관한 학문적學問的 논의論議를 이렇듯 중요하게 여기는가? 그 대답은 자명自明하지 않은가. 문학이라는 예술은 단순한 여가 놀이가 아닌, 인간의 보다 가치價値 있는 삶을 위한 미美와 진실眞實의 추구追求이기 때문인 것이다.

우리가 우리 고유固有의 고전문학 유산遺産을 소중하게 여기고 연구하는 까닭은 조상들의 삶의 진실과 아름다움이 그 속에 담겨 있기 때문이다. 고전문학의 한 분야인 수필隨筆도 마찬가지다. 현재 우리 손에 전해진 한글 고전 수필 작품이 몇 편 안 되지만 그 속에 담긴 우리 조상의 문학예술 얼은 참으로 보석 같은 것이다.

그렇다면 이것을 이어받아 오늘 우리들의 글쓰기 거울로 삼아야 할 것은 너무도 당연한 일이 아닌가?

그러함에도 〈현대문학現代文學〉 1세기가 넘도록 우리 수필문단에는 〈고전수필의 맥脈을 잇는 현대수필 작법〉이라는 개념槪念조차 들고 나온 사람이 없었다. '현대수필現代隨筆'이라는 말은 너도나도 즐겨 사용하면서 〈고전수필의 맥脈을 있는 현대수필〉은 그 개념槪念조차 없었으니 〈조선〉 없는 〈대한민국〉 꼴이 아니고 무엇인가. 현대의 대한민국 국민이 세계적 경제와 과학 선진 대열에 들어서게 되었다고 자랑하지만, 만약에 5천 년 역사와 전통을 모르는 민족이라면 미개未開 집단이 아니겠는가!

천만다행하게도, 많이 늦었지만, 오덕렬 선생께서 고전문학을 전수傳受 받은 후학後學의 한 사람으로 〈고전수필의 맥脈을 잇는 현대수필 작법〉이라는 개념槪念조차 없는 현실에 깊은 반성反省의 념念을 가지고 수년에 걸쳐 작품연구를 해 온 결과 마침내 한 권의 책으로 묶어내는 데까지 이르게 되었으니 이보다 더 기쁜 일이 없다.

〈수필隨筆〉이라는 이름이 사랑스럽다면, (참으로 〈수필隨筆〉이라는 이름이 그토록 사랑스럽고 자랑스러우신가?) 그렇다면 이제라도, 많이 늦었지만, 더 늦기 전에 수필隨筆로 하여금 애비(古典) 없는 후레자식이 아닌 조상이 있는, 떳떳한 가문家門의 자식 신분을 회복回復시키시라. 그 길(方法)이 여기 마련되었다. 〈현대문학現代文學〉 1세기 만에 나온 오덕렬 선생의 이 노작勞作을 귀하게 여기기만 하면 된다.

바라건대 이 책이 널리 읽혀 4천여 수필가들 눈에서 1백 년 동안 남몰래 흘려 온 '신변잡기' 서러움을 깨끗이 씻어내 주기를 바라는 마음 간절하다.

──────── 2021 봄이 오는 길목을 내다보며
계간 〈散文의 詩〉 발행인 이관희 적음

저자 오덕렬(吳德烈)

평생을 교직에 몸담은 교육자이자 수필가로, 방송문학상(1983) 당선과 『한국수필』 완료추천(1990)으로 등단하였고, 계간 『散文의詩』를 통해 '산문의詩 평론' 당선(2014)과 '산문의詩(창작수필)' 신인상 당선(2015)으로 산문의詩 평론가와 산문의詩 시인으로 재등단하였다.

수필집 『복만동 이야기』 『고향의 오월』 『귀향』 『항꾸네 갑시다』 『힐링이 필요할 때 수필 한 편』, 수필선집 『무등산 복수초』 『간고등어』, 평론집 『수필의 현대문학 이론화』, 『창작수필을 평하다』 등을 펴냈다.

광주문학상과 박용철문학상, 늘봄 전영택 문학상 등을 수상했으며, 모교인 광주고등학교 교장으로 재임 시절 ≪光高문학관≫을 개관(2007)하여, 은사님 16분과 동문 작가 103명을 기념하고 있으며, 문학관 개관 기념으로 ≪光高 문학상 백일장≫을 제정하여 매년 5월에 광주전남 중·고생을 대상으로 백일장을 개최하고 있다.

현재 『전라방언 문학 용례사전』을 편찬 중이며, 수필의 현대문학 이론화 운동으로 〈창작수필〉의 문학성 제고와 〈산문의 詩〉의 외연 확장에 힘쓰고 있다.

E-mail   ohdl@naver.com
강연문의   firstwindmedia@naver.com

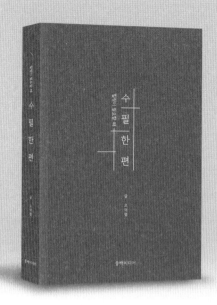

힐링이 필요할 때
수 필 한 편
(풍백미디어 刊)

풍백미디어 ㅣ 120*188
304p ㅣ 값 13,800원

우리는 책과 많은 인연을 맺으며 살아가고 있다는 생각이 든다.
책 속에서 길을 찾고 삶의 방향을 결정지을 수도 있지 않던가?
삶에 영향을 주었던 책을 다시 들춰 보면 갖가지 상념들이 함박눈처럼
내리기도 한다. 이럴 때면 울컥울컥 울음이라도 쏟아낼 수밖에 없게
된다. 되도록 이런 책을 많이 간직하고 싶다.

오덕렬 시집
〈여름밤 별 이야기〉

풍백미디어 ㅣ 값 12,000원
2021. 7. 출간

오덕렬 평론집

창작수필을 평하다

(풍백미디어 刊)

풍백미디어 ㅣ 152*225(신국판)
296p ㅣ 값 15,000원

· 피천득의 수필은 수필이 아니고 산문의 詩
· '붓 가는 대로'라는 '잡문론'에는 그 어떤 문학적 이론도 창작도 없다
· 〈창작 · 창작적 수필〉 21편을 엄선, 현대문학 이론에 근거한 평문을 붙였다

어떤 문제작이 발표되면 그 작품을 평해 주어야 한다.

그런데 우리 수필계에는 〈창작수필〉 평론 활동을 하는 사람이 없다.
수필 문단의 불행이다. 문학은 구체적인 형상(形象)이라 했다.

인간은 조화옹(造化翁)처럼 형상(形象)을 있게(being·exist)는 만들 수
없다. 다만 문장을 가지고 어떤 형상을 만들어내야 된다. 그렇기에 비유
(은유·상징)를 창작해야 하는 것이다. '붓 가는 대로'라는 '잡문론'에는
그 어떤 문학적 이론도 창작도 없다. 여기에 실린 21명 작가의 21편의
수필은 모두 〈창작 · 창작적〉인 수필이다. 이에 평문을 붙였다.

수필 평론가, 수필가, 수필교실 선생님, 수필을 쓰려는 예비 수필가는
물론 수필과 문학을 사랑하는 독자들에게 이 책을 바친다.

고전수필의 맥을 잇는 현대수필 작법

초판인쇄	2021년 03월 15일
초판발행	2021년 03월 25일
지은이	오덕렬
발행인	오무경
편집자	오무경
펴낸곳	풍백미디어(First _ Wind _ Media)
디자인	첫번째별디자인 mooninsa@naver.com
출판등록	2020년 09월 02일 제2020-000108호
주소	서울시 강서구 강서로7길 28, 101호 (화곡동, 해태드림타운)
	우	10909 경기도 파주시 하우3길 81-3 102호 (야당동) (우편물 보내실 곳)
팩스	0504-250-3389
이메일	firstwindmedia@naver.com
블로그	https://blog.naver.com/firstwindmedia

ISBN   979-11-971708-2-9